Gregório de Matos
Poemas atribuídos
Códice Asensio-Cunha

Volume 2

João Adolfo Hansen
Marcello Moreira
EDIÇÃO E ESTUDO

Gregório de Matos
Poemas atribuídos
Códice Asensio-Cunha

Volume 2

Copyright © 2013 João Adolfo Hansen e Marcello Moreira
Copyright © 2013 Autêntica Editora

Todos os direitos reservados pela Autêntica Editora. Nenhuma parte desta publicação poderá ser reproduzida, seja por meios mecânicos, eletrônicos, seja via cópia xerográfica, sem a autorização prévia da Editora.

CAPA
Diogo Droschi
(sobre imagem de Ulisse Aldrovandi)

DIAGRAMAÇÃO
Christiane Morais
Ricardo Furtado
Waldênia Alvarenga Santos Ataíde

IMAGEM DA PÁGINA 15
Códice Asensio-Cunha, volume II,
Biblioteca Celso Cunha, Instituto de
Letras da Universidade Federal do
Rio de Janeiro.

REVISÃO
João Adolfo Hansen
Marcello Moreira

INDICAÇÃO E CONSULTORIA EDITORIAL
Joaci Pereira Furtado

EDITORA RESPONSÁVEL
Rejane Dias

Dados Internacionais de Catalogação na Publicação (CIP)
(Câmara Brasileira do Livro, SP, Brasil)

Gregório de Matos : Poemas atribuídos : Códice Asensio-Cunha, volume 2 / João Adolfo Hansen, Marcello Moreira [edição e estudo]. -- Belo Horizonte : Autêntica Editora, 2013.

ISBN 978-85-8217-305-3

1. Matos, Gregório de, 1633-1696 2. Poesia brasileira - Período colonial I. Hansen, João Adolfo. II. Moreira, Marcello.

CDD-869.91

Índices para catálogo sistemático:
1. Poesia : Período colonial : Literatura brasileira 869.91

Belo Horizonte
Rua Aimorés, 981, 8º andar . Funcionários
30140-071 . Belo Horizonte . MG
Tel.: (55 31) 3214 5700

São Paulo
Av. Paulista, 2073, Conjunto Nacional, Horsa I, 23º andar, Conj. 2301
Cerqueira César . São Paulo . SP . 01311-940
Tel.: (55 11) 3034 4468

Televendas: 0800 283 13 22
www.editoragutenberg.com.br

Universidade de São Paulo

Reitor
João Grandino Rodas

Vice-Reitor
Hélio Nogueira da Cruz

Faculdade de Filosofia, Letras e Ciências Humanas

Diretor
Sérgio França Adorno de Abreu

Vice-Diretor
João Roberto Gomes de Faria

Coordenador do Programa de
Pós-Graduação em Literatura Brasileira
Vagner Camilo

Este livro foi publicado por indicação e com apoio do
Programa de Pós-Graduação em Literatura Brasileira.

Descrição do segundo volume do *Códice Asensio-Cunha*

A encadernação, provavelmente realizada no século XVIII, apresenta as seguintes características: pastas feitas de cartão, recobertas por couro, medindo, a anterior, 20,6 cm de altura e 14,8 cm de largura; a posterior, 20,6 cm de altura e 14,8 cm de largura.

O lombo, em couro, mede 20,6 cm de altura e 3,3 cm de largura; sobre o couro escurecido da lombada foi aplicada uma etiqueta de couro, tingida de marrom e afixada entre a segunda e a terceira nervuras; nesta etiqueta se lê: TOM. II. Na lombada, há cinco nervuras e toda a lombada é adornada com motivos florais e fitomórficos em ouro.

Cabeçal feito de cordão de couro, na cor natural.

O corte do volume apresenta a coloração avermelhada oriunda do tingimento a que foi submetido, embora já bastante esmaecida.

Os fólios que compõem o segundo volume do *Códice* são de papel e medem 20,2 cm de altura e 14,1 cm de largura.

A utilização das páginas para a cópia dos poemas é bastante variável no segundo volume do *Códice,* o que não nos possibilitou estabelecer as margens internas superior, inferior e laterais que emolduram as composições nele transcritas.

Todo o *Códice* foi escrito em coluna única e está numerado em arábico.

O texto foi escrito por uma única mão, e diferenças notadas no talhe das letras - ora mais fino, ora mais grosso

– podem ser explicadas pelo emprego, por parte do copista, de diferentes penas e tintas.

A distribuição dos fólios que compõem o *Códice* obedece à seguinte disposição:

a) 1 folha para a guarda;
b) 1 folha para a contra-guarda anterior;
c) 1 folha para a página de rosto;
d) 4° fólio/reto: início da transcrição dos poemas. No canto superior do reto do quarto fólio, inicia-se a numeração do volume (1). O verso do quarto fólio apresenta numeração da mesma mão no canto superior esquerdo (2);
e) Numeração continuada da página (1) à página (414), última a trazer numeração;
f) Após a página (414), há os dois índices dos poemas copiados no segundo volume da Coleção, sendo o primeiro deles o índice dos assuntos e, o segundo, o índice alfabetado dos *incipit*;
g) Após os índices copiados entre as páginas (415) e (431), que não trazem numeração no ms., há dois fólios em branco que servem de contra-guardas;
h) Após as contra-guardas posteriores, guarda colada sobre a pasta posterior;
i) A encadernação e bastantes folhas do volume apresentam furos causados por larvas de insetos.

No canto superior esquerdo da guarda anterior, há as seguintes anotações feitas à mão e a lápis: "1ª linha: R.er.".
Reto e verso do segundo fólio, em branco.
No reto do terceiro fólio (página de rosto do segundo volume), no canto superior direito, anotação a lápis: Ms 6; no reto do terceiro fólio, em posição central, há um medalhão de papel recortado e afixado sobre a folha codicilar; no medalhão, em tinta vermelha, se lê:

Mattos
da Bahia

2º Tomo

Que contem varias poezias
à clerigo, Frades, e Freyras
e algumas obras
discretas,
e tristes.

No verso do terceiro fólio, há afixada uma etiqueta eletrônica que data da época em que a Biblioteca Celso Cunha foi catalogada e tombada pela Universidade Federal do Rio de Janeiro. A etiqueta mede 5,5 cm de comprimento e 3,7 cm de largura e traz os seguintes dados impressos, com exceção da data nela inserida manualmente à tinta azul:

UFRJ- CLA/LETRAS
COLECAO CELSO CUNHA
005-09-009609-0 DATA
10/3/92

No reto do quarto fólio, inicia-se a transcrição dos poemas atribuídos a Gregório de Matos e Guerra; a numeração inicia-se neste fólio e está aposta no canto superior direito do mesmo fólio (1). O verso do quarto fólio traz, no canto superior esquerdo, o número (2).

A paginação estende-se sem interrupções da página (1) à página (414) e em todas elas estão copiados poemas atribuídos a Gregório de Matos e Guerra.

Há várias ilustrações no segundo volume do *Códice Asensio-Cunha* e todas elas servem para encerrar uma subdivisão textual no interior do volume. Seguem-se as páginas em que elas se encontram e uma descrição sumária de cada uma delas:

(76) Impresso recortado e colorido à mão, posteriormente colado ao pé da página, conquanto sua afixação date da época da fatura do *Códice*: motivos florais e fitomórficos.

(160) Impresso recortado e colorido à mão, posteriormente colado ao pé da página, conquanto sua afixação date da época da fatura do *Códice*: cena com arqueiro, rei e animal selvagem.

(214) Ilustração feita diretamente sobre a página, policromada, composta de motivos florais e fitomórficos: rosas.

(320) Página que encerra uma subdivisão textual. Por não haver espaço para a fatura de ilustração, esta não foi feita ou afixada ao pé da página. A subdivisão textual seguinte intitula-se "POEZIAS tristes".

(342) Ilustração feita diretamente sobre a página, policromada, composta de motivos florais e fitomórficos.

(389) Impresso recortado e colorido à mão, posteriormente colado ao pé da página, conquanto sua afixação date da época da fatura do *Códice*: cena bucólica.

(414) Impresso recortado e colorido à mão, posteriormente colado ao pé da página, conquanto sua afixação date da época da fatura do *Códice*: mulher tocando instrumento musical.

A página (415) não está numerada no segundo volume, assim como as que se lhe seguem. O índice de assuntos – INDEX/Dos/Assumptos – principia na página (415) e estende-se à (423) do manuscrito. Segue-se ao índice dos assuntos o índice alfabetado dos poemas, listados a partir da letra com que principia o primeiro verso de cada um deles; o segundo índice estende-se da página (424) à (431). Página (432), em branco.

Depois da página (432), há dois fólios em branco; são as contra-guardas posteriores do segundo volume.
Segue-se às contra-guardas a guarda posterior.

Lista dos *incipit* com atualização ortográfica:
A nossa Sé da Bahia, [1-2]
Via de perfeição é a sacra via, [2-3]
O Cura, a quem toca a cura [3-6]
Naquele grande motim, [7-10]
Reverendo vigário, [10-13]
Da tua Perada mica [13-17]
Hoje a Musa me provoca, [17-26]
Um Branco muito encolhido, [27-31]
Doutor Gregório Guadanha, [32-43]
Dâmaso, aquele madraço, [44-49]
Pois me enfada o teu feitio, [49-53]
Padre Frisão, se vossa Reverência [53-54]
Este Padre Frisão, este sandeu [54]
A vós, Padre Baltasar, [55-60]
Não me espanto, que você, [60-63]
Reverendo Padre Alvar, [63-66]
Para esta Angola enviado [66-69]
Padre; a casa está abrasada, [70-72]
Vieram Sacerdotes dous e meio [72-73]
Ao Padre Vigário a flor, [73-76]
Corpo a corpo à campanha embravecida, [77]
Prelado de tan alta perfección, [78]
Já que entre as calamidades, [79-84]
Inda está por decidir, [85-86]
Padre Tomás, se Vossa Reverência [87]
Louvar vossas orações/ Só o vosso entendimento [88-90]
Nuvens, que em oposição/ No Céu pardo de Francisco [90-92]
Quem vos mete, Frei Tomás, [93-96]
Reverendo Frei Sovela, [96-98]
Ouve, Magano, a voz, de quem te canta [98-102]
Reverendo Frei Fodaz, [102-105]

Ilustre, e reverendo Frei Lourenço, [105-108]
Reverendo Frei Antônio [108-111]
Reverendo Frei Carqueja, [112-118]
De fornicário em ladrão [119-121]
Reverendo Padre em Cristo, [122-128]
Um Frade no Bananal, [128-132]
Nunca cuidei do burel, [132-135]
Não era muito, Babu, [136-138]
Brásia: que brabo desar! [138-142]
Sem tom, nem som por detrás [143-145]
A vós digo, Putinhas franciscanas, [145-149]
Alto sermão, egrégio, e soberano [150]
Victor, meu Padre Latino, [151-153]
Quinze mil-réis d'antemão [153-156]
Ficaram neste intervalo [157-160]
Ana, felice foste, ou Feliciana, [162]
Clara sim, mas breve esfera [162-165]
Pelo toucado clamais, [165-167]
Para bem seja à vossa Senhoria [168]
Minha Senhora Dona Caterina, [169]
Ontem a amar-vos me dispus, e logo [170]
Quem a primeira vez chegou a ver-vos, [171]
De uma rústica pele, que antes dera [172]
Meninas, pois é verdade, [173]
Ilustríssima Abadessa, [174-176]
Estamos na cristandade? [176-180]
Nenhuma Freira me quer [180-184]
Como vos hei de abrandar, [184-186]
Senhora Mariana, em que vos pês, [187]
A bela composição [188]
Ó quem de uma Águia elevada [189-192]
Um doce, que alimpa a tosse, [193-195]
Senhora minha: se de tais clausuras [195]
Confessa Sor Madama de Jesus, [196]
Ó vós, quem quer que sejais, [197-200]
Se Pica-flor me chamais, [200]

No dia, em que a Igreja dá [201-203]
Conta-se pelos corrilhos [204-207]
Ei-lo vai desenfreado, [208-214]
Amanheceu finalmente [215-224]
Fez-se a segunda jornada [225-228]
Amanheceu quarta-feira [228-236]
Tem Lourenço boa ataca, [236-242]
Valha o diabo os cajus, [242-245]
Era a Dominga primeira [245-249]
Veio a Páscoa do Natal, [250-255]
As comédias se acabaram [256-259]
Grande comédia fizeram [260-263]
No grande dia do Amparo, [263-269]
Tornaram-se a emborrachar [269-276]
Ao som de uma guitarrilha, [277-278]
É justa razão, que eu gabe, [278-280]
Laura minha, o vosso amante [281-283]
Fui à missa a São Gonçalo, [284-286]
"Como estais, Louro" diz Fílis [286-289]
Pelos naipes da baralha [289-291]
A cada canto um grande conselheiro, [291-292]
Mancebo sem dinheiro, bom barrete, [292-293]
Por sua mão soberana [293-296]
Ilha de Itaparica, alvas areias, [296-297]
Filhós, fatias, sonhos, mal-assadas, [297-298]
Deste castigo fatal, [298-305]
Nesta turbulenta terra [305-313]
Pasar la vida, sin sentir que pasa, [313-314]
Angola é terra de pretos, [314-317]
Na confusão do mais horrendo dia, [318]
Por entre o Beberibe, e o Oceano [319]
Um negro magro em sufilié mui justo, [320]
Montes, eu venho a buscar-vos [321-322]
Foi-se Brás da sua aldeia,/ Brás um Pastor namorado [322-324]
Em o horror desta muda soledade, [324-325]
Amargo paguen tributo/ Solos de mi triste enojo [325-327]

Ausencias, y soledades/ Oy, Fili, doble pasión [328-330]
Ao pé de uma junqueirinha/ Por divertir saudades [330-332]
Deixai-me tristes memórias./ Nesta ausência, bem querido, [332-333]
Porque não conhecia, o que lograva, [333-334]
Ó que cansado trago o sofrimento, [334-335]
Una, dos, tres estrellas, veinte, ciento, [335-336]
Seis horas enche e outras tantas vaza [336-337]
Vás-te, mas tornas a vir,/ Vás-te refazer no mar [337-342]
Senhor Antônio de Andrade, [343-345]
O vosso Passo, Senhor, [346-347]
Se acaso furtou, Senhor, [347-348]
Senhor: o vosso tabaco [348]
Creio, Senhor Surgião, [349-351]
Fábio: essa bizarria, [351-352]
É uma das mais célebres histó-, [353]
Tomas a Lira, Orfeu divino, tá, [354]
Vi-me, Antônia, ao vosso espelho, [355-356]
Para mim, que os versos fiz [357-359]
Ó ilha rica, inveja de Cambaia, [359-360]
Passei pela Ilha Grande, [360-362]
Senhora Velha: se é dado, [363-365]
Se comestes por regalo, [365-367]
Ontem vi no Areial [367-369]
Altercaram-se em questão [370-372]
Rifão é justificado [372-374]
Quem tal poderia obrar, [374-375]
Qual encontra na luz pura [375-378]
Senhor Henrique da Cunha, [378-383]
Será primeiramente ela obrigada, [383-385]
Uma casa para morar   de botões [385-389]
É bem, que em prazer se mude, [390-401]
Mil anos há, que não verso, [402-407]
Já que nas minhas tragédias [408-409]
Deste inferno dos viventes/ Se quem sabe, o que é amor, [410-414]

Matos
da Bahia

2º Tomo

Que contém várias poesias
a clérigo[s], Frades, e Freiras
e algumas obras
discretas,
e tristes.

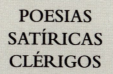

POESIAS
SATÍRICAS
CLÉRIGOS

1 [1-2]

Aos Capitulares do seu tempo.

Décima

A nossa Sé da Bahia,
com ser um mapa de festas,
é um presépio de bestas,
se não for estrebaria:
várias bestas cada dia
vemos, que o sino congrega,
Caveira mula galega,
o Deão burrinha parda,
Pereira besta de albarda,
tudo para a Sé se agrega.

2 [2-3]

Aos Missionários a quem o Arcebispo Dom Frei João da Madre de Deus recomendava muito as vias sacras, que enchendo a cidade de cruzes chamavam do púlpito as pessoas por seus nomes, repreendendo, a quem faltava.

Soneto

Via de perfeição é a sacra via,
Via do céu, caminho da verdade:
Mas ir ao Céu com tal publicidade,
Mais que à virtude, o boto à hipocrisia.

O ódio é d'alma infame companhia,
A paz deixou-a Deus à cristandade:
Mas arrastar por força, uma vontade,
Em vez de perfeição é tirania.

O dar pregões do púlpito é indecência,
Que de Fulano? venha aqui sicrano:
Porque o pecado, o pecador se veja:

E próprio de um Porteiro d'audiência,
E se nisto maldigo, ou mal me engano,
Eu me submeto à Santa Madre Igreja.

3 [3-6]

Ao cura da Sé que era naquele tempo, introduzido ali por dinheiro, e com presunções de namorado satiriza o Poeta como criatura do Prelado.

....

Décimas

1
O Cura, a quem toca a cura
de curar esta cidade,
cheia a tem de enfermidade
tão mortal, que não tem cura:
dizem, que a si só se cura
de uma natural sezão,
que lhe dá na ocasião
de ver as Moças no eirado,
com que o Cura é o curado,
e as Moças seu cura são.

2
Desta meizinha se argui,
que ao tal Cura assezoado
mais lhe rende o ser curado,
que o Curado, que possui,
grande virtude lhe influi
o curado exterior:
mas o vício interior
Amor curá-lo procura,
porque Amor todo loucura,
se a cura é de louco amor.

3
Disto cura o nosso Cura,
porque é curador maldito,

mas ao mal de ser cabrito
nunca pôde dar-lhe cura:
É verdade, que a tonsura
meteu o Cabra na Sé,
e quando vai dizer "Te
Deum laudamus" aos doentes,
se lhe resvela entre dentes,
e em lugar de Te diz me.

4
Como ser douto cobiça,
a qualquer Moça de jeito
onde pôs o seu direito,
logo acha, que tem justiça:
a dar-lhe favor se atiça,
e para o fazer com arte,
não só favorece a parte,
mas toda a prosápia má,
se justiça lhe não dá,
lhe dá direito, que farte.

5
Porque o demo lhe procura
tecer laços, e urdir teias,
não cura de almas alheias,
e só do seu corpo cura:
debaixo da capa escura
de um beato capuchinho
é beato tão maligno
o cura, que por seu mal
com calva sacerdotal
é sacerdote calvino.

6
Em um tempo é tão velhaco,
tão dissimulado, e tanto,

que só por parecer santo
canoniza um santo um caco:
se conforme o adágio fraco
ninguém pode dar, senão
aquilo, que tem na mão,
claro está, que no seu tanto
não faria um ladrão santo,
senão um Santo Ladrão.

7
Estou em crer, que hoje em dia
já os cânones sagrados
não reputam por pecados
pecados de simonia:
os que vëm tanta ousadia,
com que comprados estão
os curados mão por mão,
devem crer, como já creram,
que ou os cânones morreram,
ou então a Santa unção.

4 [7-10]

Ao vigário da Vila de São Francisco por uma pendência, que teve com um Ourives a respeito de uma Mulata, que se dizia correr por sua conta.

Décimas

1
Naquele grande motim,
onde acudiu tanta gente,
a título de valente
também veio valentim:
puxou pelo seu faim,
e tirando-lhe à barriga,
você se quer, que lho diga,
disse ao Ourives da prata,
na obra desta Mulata
mete muita falsa liga:
Briga, briga.

2
É homem tão desalmado,
que por lhe a prata faltar,
a estar sempre a trabalhar
bate no vaso sagrado:
não vê que está excomungado,
porque com tanta fadiga
a peça da igreja obriga
numa casa excomungada
com censura reservada,
pela qual Deus o castiga:
Briga, briga.

3
Porque com modos violentos
a um vigário tão capaz
sobre quatro, que já traz,
cornos, lhe põe quatrocentos!
deixe-se desses intentos,
e reponha a rapariga,
pois a repô-la se obriga,
quando afirma, que a possui,
e se a razão não conclui,
vai esta ponta à barriga:
Briga, briga.

4
Senhor Ourives, você
não é ourives da prata?
pois que quer dessa Mulata,
que cobre, ou tambaca é?
Restitua a Moça, que
é peça da Igreja antiga:
restitua a rapariga,
que se vingará o Vigário
talvez no confessionário,
e talvez na desobriga:
Briga, briga.

5
A Mulata já lhe pesa
de trocar odre por odre,
pois o leigo é membro podre,
e o Padre membro da igreja:
sempre esta telha goteja,
sempre dá grão esta espiga,
e a bola da rapariga
quer desfazer esta troca,

e deixando a sua toca
quer fazer c'o Padre liga
Briga, briga.

6
Largai a Mulata, e seja
logo logo a bom partido,
que como tem delinquido
se quer acolher à igreja:
porque todo o mundo veja,
que quando a carne inimiga
tenta a uma rapariga,
quer no cabo, quer no rabo
a Igreja vence ao diabo
com outra qualquer cantiga.
Briga, briga.

[10-13]

A outro Vigário de certa freguesia, contra quem se amotinaram os Fregueses por ser muito ambicioso.

Silva

Reverendo vigário,
Que é título de zotes ordinário,
Como sendo tão bobo,
E tendo tão larguíssimas orelhas,
Fogem vossas ovelhas
De vós, como se fôsseis voraz Lobo.

O certo é, que sois Pastor danado,
E temo, que se a golpe vem de fouce,
Vos há de cada ovelha dar um couce:
Sirva de exemplo a vosso desalinho,
O que ovelhas têm feito ao Padre Anjinho,
Que por sua tontice, e sua asnia
O tem já embolsado na enxovia;
Porém a vós, que sois fidalgo asneiro,
Temo, que hão de fazer-vos camareiro.

Quisestes tosquear o vosso gado,
E saístes do intento tosqueado;
Não vos cai em capelo,
O que o provérbio tantas vezes canta,
Que quem ousadamente se adianta,
Em vez de tosquear fica sem pelo?

Intentastes sangrar toda a comarca,
Mas ela vos sangrou na vea d'arca

Pois ficando faminto, e sem sustento,
Heis de buscar a dente qual jumento
Erva para o jantar, e para a cea,
E se talvez o campo a escassea,
Mirrado heis de acabar no campo lhano,
Fazendo quarentena todo o ano:
Mas então poderá vossa porfia
Declarar aos Fregueses cada dia.

Sois tão grande velhaco,
Que a pura excomunhão meteis no saco:
Já diz a freguesia,
Que tendes de Saturno a natureza,
Pois os Filhos tratais com tal crueza,
Que os comeis, e roubais, qual uma harpia;
Valha-vos; mas quem digo, que vos valha?
Valha-vos ser um zote, e um canalha:
Mixelo hoje de chispo,
Ontem um passa-aqui do Arcebispo.
Mas ó se Deus a todos nos livrara
De Marão com poder, vilão com vara!
Fábula dos rapazes, e bandarras,
conto do lar, cantiga das guitarras.

Enquanto vos não parte algum corisco,
Que talvez vos despreza como cisco,
E fugindo a vileza desse couro,
Vos vai poupando a cortadora espada,
Azagaia amolada,
A veloz seta, o rápido pelouro:

Dizei a um confessor dos aprovados,
Vossos torpes pecados,
Que se bem o fazeis, como é preciso,
Fareis um dia cousa de juízo:

E uma vez confessado,
Como vos tenha Deus já perdoado,
Todos vos perdoaremos
Os escândalos mil, que de vós temos,
E comendo o suor de vosso rosto
Dareis a Deus prazer, aos homens gosto.

6 [13-17]

Ao Vigário Antônio Marques de Perada encomendado na Igreja da Vila de São Francisco ambicioso, e desconhecido.

Décimas

1
Da tua Perada mica
não te espantes, que me enoje,
porque é força, que a entoje
sendo doce de botica:
o gosto não se me aplica
a uma conserva afamada,
e em botes tão redomada,
que sempre por ter que almoces,
achas para tão maus doces
a tutia preparada.

2
Se tua Tia arganaz
te fez essa alcomonia,
com colher não t'a faria,
com espátula t'a faz:
criaste-te de rapaz
c'o pingue dessas redomas,
e hoje tal asco lhe tomas,
que tendo uma herança rica
nas raízes da botica,
contudo não tens, que comas.

3
Teu juízo é tão confuso,
que quando a qualquer cristão

lhe entra o uso de rezão,
de então lhe perdeste o uso:
sempre foste tão obtuso,
que já desde estudantete
te tinham por um doudete,
porque eras visto por alto,
na fala falso contralto,
na vista fino falsete.

4
Correndo os anos cresceste,
e se dizia em sussurro,
que era o teu crescer de burro,
pois cresceste, e aborreceste:
logo em tudo te meteste,
querendo ser eminente
nas artes, que estuda a gente,
mas deixou-te a tua asnia
Abel na filosofia,
na poesia inocente.

5
Deram-te as primeiras linhas
versos de tão baixa esfera,
que o seu menor erro era
serem feitos às Negrinhas:
com estas mesmas pretinhas,
por mais que te desbatizes,
gastaste os bens infelizes
do Marquês fino herbolário,
porque todo o Boticário
é mui rico de raízes.

6
Sendo um zote tão supino,
és tão confiado alvar,

que andas por i a pregar
geringonças ao divino:
pregas como um capuchino,
porque essa traça madura
um curado te assegura,
crendo Sua Senhoria,
que a botica te daria
as virtudes para a cura.

7
Mas ele se acha enganado,
porque vê evidentemente,
que os botes para um doente
são, mas não para um curado:
entraste tão esfaimado
a comer do sacrifício,
que todo o futuro ofício
cantaste sobre fiado,
pelo tirar de contado
ao dono do benefício.

8
Nenhuma outra cousa é
este andar dos teus alparques,
mais que ser Filho do Marques
vizinho da Santa Sé:
outro da mesma ralé
tão Marques, e tão bribante
te serve agora de Atlante,
porque para conjurar-se,
é fácil de congregar-se
um com outro semelhante.

7 [17-26]

Esta Sátira dizem que fez certa Pessoa de autoridade ao Poeta pelo ter satirizado, como fica dito, e a publicou em nome do Vigário Lourenço Ribeiro.

Sátira

1
Hoje a Musa me provoca,
a que bem pelo miúdo
nada cale, e diga tudo,
quanto me vier à boca:
como digo, hoje me toca
meter minha colherada,
que nem sempre ter calada
a boca parece bem:
mas não o saiba ninguém.

2
Parece, que já começo
a dizer alguma cousa,
e para que o mundo me ouça,
já mil atenções lhe peço:
que não sou sábio, confesso,
para falar elegante;
porém digo, andando avante,
que vejamos o desdém;
mas não o saiba ninguém.

3
Conheça toda a Bahia,
quem é o sátiro magano,

que lhe há feito tanto dano
desonrando-a cada dia:
pois sem ser de estrebaria,
mais do que um burro esfaimado,
se jacta de grão letrado,
sendo asninho palafrém:
mas não o saiba ninguém.

4
Ser a todos preferido
no saber, é, o que pertende:
porém quem se não entende,
mal pode ser entendido:
mas se é sábio, e advertido,
como em vez de achar ventura
foi topar na cornadura,
que demasiada tem:
mas não o saiba ninguém.

5
Quis por ser em tudo novo,
que é somente o que ele quer,
ter consigo uma mulher,
que é também de todo o povo:
eu só nesta parte o louvo
de discreto, e de entendido,
pois que quis ser seu marido
juntamente com mais cem;
mas não o saiba ninguém.

6
Como cão, que acha dinheiro,
se contentou da consorte,
que merecendo-lhe a morte,

existe a puta em viveiro:
imaginou ser primeiro,
porém outros antes dele
lhe tinham surrado a pele,
que ele rói d'aquém d'além:
mas não o saiba ninguém.

7
Por segundo caracol
se deve já conhecer,
porque lhe há posto a mulher
os cornos, que deita ao sol:
por tal o tenho em meu rol
para o meter em dous fornos,
porque lhe aqueçam os cornos,
e se lhe cortem também:
mas não o saiba ninguém.

8
De Vulcano sei, que herdou
o saber mui bem malhar,
não a Bártolo ensinar,
como sei, que se gabou:
se dissera; que o forjou
seu Avô estando malhando,
crédito lhe iria dando,
segundo aqui se contém:
mas não o saiba ninguém.

9
Nunca soube fazer verso,
senão como tiririca,   a tiririca é erva que pica
porque como ela é, que pica,
e corta todo o universo:

pica a todos por perverso;
mas foi ele bem picado,
conforme nos hão contado,
os que de Lisboa vêm:
mas não o saiba ninguém.

10
Com levar tantos vaivéns
ficou com cara mui leda
letrado de três a moeda,
ou de três por dous vinténs:
só lhe dão os parabéns
outros asnos como ele,
que fazem um Baldo dele,
como se ele fosse alguém:
mas não o saiba ninguém.

11
Que fora Juiz, se alista
este burro, este asneirão,
e com tal jurisdição
nada teve de Jurista:
e por mais que ser insista
Juiz, como significa,
então maior asno fica,
dos que vão, e dos que vêm:
mas não o saiba ninguém.

12
Mui contente, e muito ledo
mostra, que não tem mais trato,
do que arranhar como gato
no Parnaso de Quevedo:
traz o mundo em um enredo

com sátiras tão malditas,
que achando-as em livro escritas
se admiram todos, que as veem:
mas não o saiba ninguém.

13
Todas as tenho contadas
neste Parnaso das Musas,
que ficaram mui confusas,
vendo, que as tinhas furtadas:
ao português retratadas
do castelhano as acharam,
e como mudas ficaram
posto que não vai, nem vem:
mas não o saiba ninguém.

14
A todos sátiras fez,
sem ninguém excetuar,
porém não lhe há de faltar,
quem lhe faça desta vez:
se eu estou bem nos meus três,
agora fica talhado,
pois o corte, que lhe hei dado,
parece, que lhe está bem:
mas não o saiba ninguém.

15
Que fora Juiz de fora,
diz, que passa na rivera,
mas que fora de Juiz era,
afirmarei eu agora:
porque em seu peito não mora,
nem justiça, nem razão,

pois não está em sua mão
jamais poder falar bem:
mas não o saiba ninguém.

16
Mui caro lhe tem custado
o mais do que tem escrito,
pois o não livrou seu dito,
dos que lhe haviam jurado:
o muito, que tem falado,
(se acaso me não engano)
me fez ouvir, que a Fulano
mataram, e eu direi quem:
mas não o saiba ninguém.

17
Por debaixo de uma amarra
na Nau, em que se embarcou,
este magano escapou
té sair fora da barra:
e por ser já cousa charra,
o não ter ele vergonha,
é razão, que o descomponha
de quanto à boca me vem:
mas não o saiba ninguém.

18
Boca, que males há feito,
bem é, que males se faça,
boca, que para mordaça
só parece, que tem jeito:
eu se isto tomar a peito,
juro a Deus onipotente,
não lhe deixar um só dente,

pois que morde, e diz a quem:
mas não o saiba ninguém.

19
Já que a todos descompõe,
quis agora por meu gosto,
que ele fosse o descomposto,
para ver se se compõe:
mil males sobre si põe,
quem de todos fala mal,
e assim que já cada qual
me pode dizer amém:
mas não o sabia ninguém.

20
De Cristão não é, senão
de herege, tudo, o que obra,
pois nele a heresia sobra,
e lhe falta o ser cristão:
remetê-lo à Inquisição
já uma vez se intentou,
mas bem sei, quem atalhou,
senhores, tão grande bem:
mas não o saiba ninguém.

21
Digo-te já de enfadado,
que se fores atrevido,
não só te hás de ver perdido,
mas sim de todo acabado:
olha, que o que tens falado,
é mui bastante motivo
para te não deixar vivo,
do teu falar mal te vem:
mas não o saiba ninguém.

22
Não cuides me hás de escapar
por mais oculto que estejas,
para que magano vejas,
há, quem te possa ensinar:
emenda esse teu falar,
corta essa língua mordaz,
vê, que este aviso te faz,
quem ela mordido tem:
mas não o saiba ninguém.

8 [27-31]

Escandalizado o Poeta da sátira antecedente e ser publicada em nome do Vigário de Passé Lourenço Ribeiro homem pardo, quando ele estava inocente na fatura dela, e calava porque assim convinha: lhe assenta agora o Poeta o cacheiro com esta petulante

---

Sátira

1
Um Branco muito encolhido,
um Mulato muito ousado,
um Branco todo coitado,
um canaz todo atrevido:
o saber muito abatido,
a ignorância, e ignorante
mui ufano, e mui farfante
sem pena, ou contradição:
milagres do Brasil são.

2
Que um Cão revestido em Padre
por culpa da Santa Sé
seja tão ousado, que
contra um Branco ousado ladre:
e que esta ousadia quadre
ao Bispo, ao Governador,
ao Cortesão, ao Senhor,
tendo naus no Maranhão:
milagres do Brasil são.

3
Se a este podengo asneiro
o Pai o alvanece já,
a Mãe lhe lembre, que está
roendo em um tamoeiro:
que importa um branco cueiro,
se o cu é tão denegrido!
mas se no misto sentido
se lhe esconde a negridão:
milagres do Brasil são.

4
Prega o Perro fradulário,
e como a licença o cega,
cuida, que em público prega,
e ladra n'um campanário:
vão ouvi-lo de ordinário
Tios, e Tias do congo,
e se suando o mondongo
eles só gabos lhe dão:
milagres do Brasil são.

5
Que há de pregar o cachorro,
sendo uma vil criatura,
se não sabe da escritura
mais que aquela, que o pôs forro?
quem lhe dá ajuda, e socorro,
são quatro sermões antigos,
que lhe vão dando os amigos,
e se amigos tem um cão,
milagres do Brasil são.

6
Um cão é o timbre maior
da Ordem predicatória,

mas não acho em toda história,
que o cão fosse pregador:
se nunca falta um Senhor,
que lhe alcance esta licença
a Lourenço por Lourença,
que as Pardas tudo farão:
milagres do Brasil são.

7
Já em versos quer dar penada,
e porque o gênio desbrocha,
como cão a troche-mocha
mete a unha e dá dentada:
o Perro não sabe nada
e se com pouca vergonha
tudo abate, é, porque sonha,
que sabe alguma questão:
milagres do Brasil são.

8
Do Perro afirmam Doutores,
que fez uma apologia
ao Mestre da poesia,
outra ao sol dos Pregadores:
se da lua aos resplendores
late um cão a noite inteira,
e ela seguindo a carreira
luz sem mais ostentação:
milagres do Brasil são.

9
Que vos direi do Mulato,
que vos não tenha já dito,
se será amanhã delito
falar dele sem recato:

não faltará um mentecapto,
que como vilão de encerro
sinta, que dëm no seu perro,
e se ponha como um cão:
milagres do Brasil são.

10
Imaginais, que o insensato
do canzarrão fala tanto,
porque sabe tanto, ou quanto,
não, senão porque é mulato:
ter sangue de carrapato
ter estoraque de congo
cheirar-lhe a roupa a mondongo
é cifra de perfeição:
milagres do Brasil são.

9 [32-43]

Resposta do Vigário Lourenço Ribeiro escandalizado de que o Poeta o satirizasse do modo que fica dito.

1
Doutor Gregório Guadanha,
pirata do verso alheio,
caco, que o mundo tem cheio,
do que de Quevedo apanha:
já se conhece a maranha
das poesias, que vendes
por tuas, quando as emprendes
traduzir do Castelhano;
não te envergonhas, magano?

2
Cuida o mundo, que são tuas
as sátiras, que acomodas,
suposto que a essas todas
pode chamar obras tuas:
os rapazes pelas ruas
o andam publicando já,
e o mundo vaia te dá,
quando vê tal desengano:
não te envergonhas, magano?

3
O soneto, que mandaste
ao Arcebispo elegante
é do Góngora ao Infante
Cardeal, e o furtaste:

logo mal te apelidaste
o Mestre da poesia
furtando mais em um dia,
que mil ladrões em um ano:
não te envergonhas, magano?

4
Cuidas, que os outros não sabem?
o que sabes, é mui pouco,
e assim te gabas de louco
temendo, que te não gabem:
só nos ignorantes cabem
as asneiras, que em ti vemos,
pelas quais te conhecemos
seres das honras tirano:
não te envergonhas, magano?

5
Não há no mundo soldado,
cavalheiro, homem ciente,
que tu logo maldizente
não deixes vituperado:
porém dizes mal do honrado
ou por ódio, ou por inveja,
ou porque o teu gênio seja
fazer aos honrados dano:
não te envergonhas, magano?

6
Dizes mal alguma vez,
dos que não procedem bem;
mas dirás, que não convém,
por serem, como tu és:
dize do Pai, que te fez,
que bem tens, que dizer dele

o mal, que há na tua pele,
já que ninguém te acha humano:
não te envergonhas, magano?

7
Se com sátiras tu só
a todos desacreditas,
trazendo sempre infinitas
no forge de teu Avô:
como não temes, que o pó
te sacuda algum bordão:
pois sabes, que a tua mão
não pega obras de Vulcano!
não te envergonhas, magano?

8
Sendo Neto de um Ferreiro
trazes espada de pau,
nisso fazes, berimbau,
o adágio verdadeiro:
porém se em nada és guerreiro,
para que te chamas guerra,
e a fazes a toda a terra
co'a língua, que é maior dano?
não te envergonhas, magano?

9
Tua Avó, de quem tomaste
de Guerra o falso apelido
a um, e a outro marido
lhe fez de cornos engaste:
se temes, que te não baste
por agora, o que ela fez,
na tua cabeça vês
milhares deles cada ano:
não te envergonhas, magano?

10
Sendo casado em Lisboa,
achava logo qualquer
remédio em tua mulher,
e se provou, que era boa:
a fama desta outra soa
não menos que na Bahia;
sendo tua não podia
deixar de ter gênio humano:
não te envergonhas, magano?

11
Pois é cousa bem sabida,
que o teu casamento sujo
veio por um Araújo,
que a tinha bem sacudida:
casou contigo saída
da casa dele, onde esteve
por sua amiga, e não deve
dizer alguém, que te engano:
não te envergonhas, magano?

12
Fazes, o que fez teu Pai,
porque a mesma fama cobres,
que por fazer bem a pobres
amou muito à tua Mãe:
na tua progênie vai
herdado como de ofício,
pois toma por exercício
dar carne ao gênero humano:
não te envergonhas, magano?

13
Tuas Irmãs se casaram
publicamente furtadas,

e há, quem diga, que furadas
d'outros, que se não declaram:
ó se as paredes falaram!
inda hoje bem poderias
ouvir várias putarias
de tanto caminho lhano:
não te envergonhas, magano?

14
Teu Pai foi outro Gregório
no pouco asseio, e limpeza,
de cuja muita escareza,
se lembra este território:
que andou roto com notório
escândalo, até fazer
o luto, que quis trazer
por certo Rei em tal ano:
não te envergonhas, magano?

15
De teus Irmãos te asseguro,
que têm sido na Bahia
um labéu da companhia,
outro sequaz do Epicuro:
mas ambos juntos te juro,
que em nenhum vício te igualam;
ó que de causas se falam,
e todas tanto em teu dano!
não te envergonhas, magano?

16
Dizes, que dos Pregadores
o sol é teu Irmão, quando
Vieira está-se aclamando
pelo melhor dos melhores?
Dizes, que aos esfregadores

pode dar ele lições;
não sabes quantos baldões
tem sofrido pelo cano?
não te envergonhas, magano?

17
Diga esse Frade maldito,
se injuriado ficou,
quando co'a negra se achou
na mesma cama do Brito:
sei, que se ria infinito,
quando o Pintor lhe quis dar
depois de o injuriar,
vendo-o com a amiga ufano:
não te envergonhas, magano?

18
O que se riu n'uma festa,
dando ele satisfação
d'alma daquele sermão
publicou, que era mui besta:
e se tudo isto não presta,
para maior glória sua,
veja-se amando a Perua
que diz, que Eusébio é seu mano:
não te envergonhas, magano?

19
Se teu Irmão este é,
como é sol dos Pregadores?
e se tens erros maiores,
que nome é bem, que te dê?
lembra-te o quanto na Sé
escandalizou a todos
o pícaro dos teus modos,

amando sempre o profano:
não te envergonhas, magano?

20
Por não querer confessar-te,
o Cura te declarou,
e esta Quaresma tornou
o Vigário a declarar-te:
da Igreja o vi eu lançar-te
em uma solene festa;
mas tu de uma ação como esta
não te corres, sendo humano:
não te envergonhas, magano?

21
Tens mudado mais estados,
que formas teve Proteu,
não sei, que estado é o teu,
depois de tantos mudados:
sei, que estamos admirados
de te vermos rejeitar
a murça capitular,
para casar como insano:
não te envergonhas, magano?

22
A nenhum jurista vês
que logo não vituperes,
chamando-lhe néscio, e queres
contradizer, quanto lês:
eu sei, que mais de uma vez
disseste já na Bahia,
que Bártolo não sabia,
e que era um asno Ulpiano:
não te envergonhas, magano?

23
Arrezoando em um feito,
por mofar do Julgador,
fizeste do mal peior,
fazendo torto o direito:
porém se no teu conceito
todos os mais sabem nada,
tua ciência é palhada,
se se vê com desengano:
não te envergonhas, magano?

24
Lembra-te, quando o Prelado
pelas tuas parvoíces
decretou, que te despisses
do hábito atonsurado:
não ficaste envergonhado,
porque não há, quem te ponha
na cara alguma vergonha
ante o Povo Baiano:
não te envergonhas, magano?

25
Vieste de Portugal
acutilado, e ferido,
e do Burgo socorrido,
a quem pagaste tão mal:
essa sátira fatal
te desterrou a esta terra,
mas cutiladas em guerra
sempre as deu valor humano:
não te envergonhas, magano?

26
Admira excessivamente,
que mandando-te apear

certo homem para te dar
disseste "não sou valente":
mas se és galinha entre gente,
assim havias fazer,
cacarejar, e correr,
que em ti é ofício lhano:
não te envergonhas, magano?

27
Fala de ti, que bem tens,
que falar de ti, Gregório,
e a todo o mundo é notório,
que tens males, e não bens:
não queiras pôr-te aos iténs,
com quem sobre castigar-te
sei, que há de esbofetear-te,
e com este desengano,
não te envergonhas, magano?

28
Vê, que te quero cascar
por outra sátira agora,
pois nem a ver o sol fora,
queres à porta chegar:
pois sabe, que hás de apanhar
mais de quatro bordoadas,
e com maiores pancadas,
que as do teu papel insano:
não te envergonhas, magano?

10 [44-49]

Ao Padre Dâmaso da Silva parente do Poeta, e seu oposto, homem desbocado, e presunçoso com grandes impulsos de ser vigário, sendo por algum tempo em Nossa Senhora do Loreto.

Romance

Dâmaso, aquele madraço,
que em pés, mãos, e mais miúdos
pode bem dar seis, e ás
ao maior Frisão de Hamburgo:

Cuja boca é mentideiro,
onde acode todo o vulgo
a escutar sobre la tarde
las mentiras como punho:

Mentideiro frequentado
de quantos senhores burros
perdem o nome de limpos
pela amizade de um sujo.

Cuja língua é relação
aonde acham os mais puros
para acusar um fiscal
para cortar um verdugo.

Zote muito parecido
aos vícios todos do mundo,
pois nunca os alheios corta,
sem dar no seu próprio escudo:

Santo Antônio de baeta,
que em toda a parte do mundo
os casos, que sucederam,
viu, e foi presente a tudo:

O Padre papa jantares,
hóspede tão importuno,
que para todo o banquete
traz sempre de trote o bucho:

Professo da providência,
que sem lograr bazaruco,
para passar todo um ano
nem dous vinténs faz de custo:

Que os amigos o sustentam,
e lhe dão como de juro
o jantar, quando lhes cabe
a cada qual por seu turno.

Essa vez, que tem dinheiro,
que é de sete em sete lustros:
três vinténs com um tostão,
ou dous tostões quando muito:

Com um vintém de bananas,
e de farinha dous punhos,
para passar dia, e meio
tem certo o pão, e conduto:

Lisonjeiro sem recato
adulador sem rebuço,
que por papar-lhe um jantar
de um sacristão faz um Núncio:

De um Tambor um General,
um Branco de um Mamaluco,
de uma sanzala um palácio,
e um galeão de um pantufo.

Em passando a ocasião,
tendo já repleto o bucho,
desanda co'a taramela,
e a todos despe de tudo:

Outro sátiro de Esopo,
que c'o mesmo bafo astuto
esfriava o caldo quente,
e aquentava o frio punho:

O Zote, que tudo sabe
o grande Jurisconsulto
dos litígios fedorentos
desta cidade monturo:

O Bártolo de improviso,
o subitâneo Licurgo,
que anoitece um sabe-nada,
e amanhece um sabe-tudo:

O Letrado gratis dato,
e o que com saber infuso
quer ser Legista sem mestre,
canonista sem estudo:

Agraduado de douto
na academia dos burros,
que é braba universidade
para doutorar brandúzios:

Magano sem repugnância,
desaforado sem susto,
entremetido sem riso,
e sem desar abelhudo:

Filho da puta com dita,
alcoviteiro sem lucro,
cunhado do Mestre-Escola,
parente que preza muito.

Fraquíssimo pelas mãos,
e valentão pelo vulto,
no corpo um grande de Espanha,
no sangue escória do mundo.

Este tal, de quem falamos,
como tem grandes impulsos
de ser batiza-crianças,
para ser soca-defuntos:

A Majestade d'El-Rei
tem já com mil esconjuros
ordenado, que o não colem
nem n'uma igreja de juncos.

Ele por matar desejos
foi-se ao adro devoluto
da Senhora do Loreto,
onde está Pároco intruso:

Ouvir é um grande prazer,
e vê-lo é um gosto sumo,
quando diz "os meus fregueses"
sem temor de um abrenuntio.

Item é um grande prazer
nas manhãs, em que madrugo
vê-lo repicar o sino,
para congregar o vulgo.

E como ninguém acode,
se fica o triste mazulo
em solitária estação
dizendo missa aos defuntos:

Quando o Frisão considero,
o menos que dele cuido,
é ser Pároco boneco
feito de trapos imundos.

11 [49-53]
Retrato do mesmo Clérigo.

1
Pois me enfada o teu feitio,
quero, Frisão, neste dia
retratar-te em quatro versos
às maravi, maravi, maravilhas.
Ouçam, olhem,
venham, venham, verão
o Frisão da Bahia,
que está retratado
às maravi, maravi, maravilhas.

2
A cara é um fardo de arroz,
que por larga, e por comprida
é ração de um Elefante
vindo da Índia.
Ouçam, olhem,
venham, venham, verão
o Frisão da Bahia,
que está retratado
às maravi, maravi, maravilhas.

3
A boca desempenada
é a ponte de Coimbra,
onde não entram, nem saem,
mais que mentiras.
Ouçam, olhem,
venham, venham, verão
o Frisão da Bahia

que está retratado
às maravi, maravi, maravilhas.

4
Não é a língua de vaca
por maldizente, e maldita,
mas pelo muito, que corta
de Tiriricas.
Ouçam, olhem,
venham, venham, verão
o Frisão da Bahia,
que está retratado
às maravi, maravi, maravilhas.

5
No corpanzil torreão
a natureza prevista
formou a fresta da boca
para guarita.
Ouçam, olhem,
venham, venham, verão
o Frisão da Bahia,
que está retratado
às maravi, maravi, maravilhas.

6
Quisera as mãos comparar-lhe
às do Gigante Golias,
se as do Gigante não foram
tão pequeninas.
Ouçam, olhem,
venham, venham, verão
o Frisão da Bahia,
que está retratado
às maravi, maravi, maravilhas

7
Os ossos de cada pé
encher podem de relíquias
para toda a cristandade
as sacristias.
Ouçam, olhem,
venham, venham, verão
o Frisão da Bahia,
que está retratado
às maravi, maravi, maravilhas.

8
É grande conimbricense,
sem jamais pôr pé em Coimbra,
e sendo ignorante sabe
mais que galinha.
Ouçam, olhem,
venham, venham, verão
o Frisão da Bahia,
que está retratado
às maravi, maravi, maravilhas.

9
Como na lei de Mafoma
não se argumenta, e se briga,
ele, que não argumenta,
tudo porfia.
Ouçam, olhem,
venham, venham, verão
o Frisão da Bahia,
que está retratado
às maravi, maravi, maravilhas.

[53-54]

Ao Mesmo Clérigo apelidando de asno ao Poeta.

Soneto

Padre Frisão, se vossa Reverência
Tem licença do seu vocabulário
Para me pôr um nome incerto, e vário,
Pode fazê-lo em sua consciência:

Mas se não tem licença, em penitência
De ser tão atrevido, e temerário
Lhe quero dar com todo o Calendário,
Mais que a testa lhe rompa, e a paciência.

Magano, infame, vil, alcoviteiro,
Das fodas corretor por dous tostões,
E enfim dos arreitaços alveitar:

Tudo isto é notório ao mundo inteiro,
Se não seres tu obra dos culhões
De Duarte Garcia de Bivar.

13 [54]

Ao Mesmo com presunções de sábio, e engenhoso.

Soneto

Este Padre Frisão, este sandeu
Tudo o demo lhe deu, e lhe outorgou,
Não sabe musa musae, que estudou,
Mas sabe as ciências, que nunca aprendeu.

Entre catervas de asnos se meteu,
E entre corjas de bestas se aclamou,
Naquela Salamanca o doutorou,
E nesta salacega floresceu.

Que é um grande alquimista, isso não nego,
Que alquimistas do esterco tiram ouro,
Se cremos seus apógrifos conselhos.

E o Frisão as Irmãs pondo ao pespego,
Era força tirar grande tesouro,
Pois soube em ouro converter pentelhos.

[55-60]

A outro Clérigo amigo do Frisão, que se dizia estar amancebado de portas adentro com duas mulheres com uma negra, e uma mulata.

Décimas

1
A vós, Padre Baltasar,
vão os meus versos direitos,
porque são vossos defeitos
mais que as areias do mar:
e bem que estais n'um lugar
tão remoto, e tão profundo
com concubinato imundo,
como sois Padre Miranda,
o vosso pobre tresanda
pelas conteiras do mundo.

2
Cá temos averiguado,
que os vossos concubinatos
são como um par de sapatos
um negro, outro apolvilhado:
de uma, e outra cor calçado
saís pela porta fora,
hora negra, e parda hora,
que um zote camaleão
toda a cor toma, senão
que a da vergonha o não cora.

3
Vossa luxúria indiscreta
é tão pesada, e violenta,
que em dous putões se sustenta
uma Mulata, e uma Preta:
c'uma puta se aquieta
o membro mais desonesto,
porém o vosso indigesto,
há mister na ocasião
a negra para trovão,
e a parda para cabresto.

4
Sem uma, e outra cadela
não se embarca o Polifemo,
porque a negra o leva a remo,
e a mulata o leva a vela:
ele vai por sentinela,
porque elas não dëm a bomba;
porém como qualquer zomba
do Padre, que maravilha,
que elas disponham da quilha,
e ele ao feder faça tromba.

5
Elas sem mágoa, nem dor
lhe põem os cornos em pinha,
porque a puta, e a galinha,
têm o ofício de pôr:
ovos a franga peior,
cornos a puta mais casta,
e quando a negra se agasta,
e c'o Padre se disputa,
lhe diz, que antes quer ser puta,
que fazer com ele casta.

6
A negrinha se pespega
c'um amigão de corona,
que sempre o Frisão se entona,
que ao maior amigo apega:
a mulatinha se esfrega
c'um mestiço requeimado
destes do pernil tostado,
que a cunha do mesmo pau
em obras de bacalhau
fecha como cadeado.

7
Com toda esta cornualha
diz ele cego do amor,
que as negras tudo é primor,
e as brancas tudo canalha:
isto faz a erva, e palha,
de que o burro se sustenta,
que um destes não se contenta
salvo se lhe dão por capa
para a rua uma gualdrapa,
para a cama uma jumenta.

8
Há bulhas muito renhidas
em havendo algum ciúme,
porque ele sempre presume
de as ver sempre presumidas:
mas elas de mui queridas
vendo, que o Padre de borra
em fogo de amor se torra,
andam por negar-lhe a graça
elas com ele de massa,
se ele com elas à porra.

9
Veio uma noite de fora,
e achando em seu vitupério
a mulata em adultério
tocou alarma por fora:
e porque pegou com mora
no raio do chumbo ardente,
foi-se o cão seguramente:
que como estava o coitado
tão leve, e descarregado
se pôde ir livremente.

10
Porque é grande demandão
o senhor zote Miranda,
que tudo, o que vê demanda,
seja de quem for o chão:
por isso o Padre cabrão
de contino está a jurar
que os cães lhe hão de pagar,
e que as fodas, que tem dado,
lhas hão de dar de contado,
e ele as há de recadar.

15 [60-63]

Ao Padre Manuel Álvares capelão de Marapé remoqueando ao Poeta uma pedrada que lhe deram de noite estando se provendo: e perguntando-lhe porque se não satirizava dela: escandalizado, e picado, porque o Poeta havia satirizado os clérigos, que vinham de Portugal, como trata na sátira do Livro 3º folha 12.

Décimas

1
Não me espanto, que você,
meu Padre, e meu camarada,
me desse a sua cornada
sendo rês de Marapé:
mas o que lhe lembro, é,
que se acaso a carapuça
da sátira se lhe aguça,
e na testa se ajustou,
a chuçada eu não lha dou,
você se meta na chuça.

2
E se por estes respeitos
diz, que versos não farei
à pedrada, que eu levei
quando fazia os meus feitos:
agora os dará por feitos,
pois eu de boga arrancada
a uma, e outra pedrada
os faço, à que levei já,

e à que agora você dá,
que é inda maior pedrada.

3
Era pelo alto serão,
fazia um luar tremendo,
quando eu estava fazendo
ou câmara, ou vereação:
não sei, que notícia então
teve um Moço, um boa-peça,
pôs-se à janela com pressa
tão sem propósito algum,
que quis ter comigo um
quebradeiro de cabeça.

4
C'um torrão na mão se apresta,
e tirando-o com seu momo
me fez o memento homo,
pondo-me a terra na testa:
fez-me uma pequena fresta,
de que arto sangue corria,
mas eu disse, quem seria
um Médico tão sem lei,
que primeiro me purguei,
do que levasse a sangria.

5
Ergui-me com pressa tanta,
que um amigo me gritou,
inda agora se purgou,
tão depressa se levanta?
Sim, Senhor, de que se espanta?
Se este Médico, este tramposo
é Médico tão forçoso,

que faz levantar n'um dia
depois de curso, e sangria
ao doente mais mimoso.

6
Este caso, e desventura
foi na verdade contado,
e sendo eu por mim curado,
o Moço me deu a cura:
com uma, e outra brabura
jurei, e prometi, que
lhe daria um pontapé:
mas o Moço acautelado
me deixou calamocado
para servir a você.

16 [63-66]
Entra agora o Poeta a satirizar o dito Padre.

Décimas

1
Reverendo Padre Alvar,
basta, que por vossos modos
saís a campo por todos
os Mariolas de altar?
mal podia em vos falar,
quem notícia, nem suspeita
tem d'asno de tão má seita:
mas como vos veio ao justo
a sátira, estais com susto,
de que por vós fora feita.

2
Convosco a minha camena
não fala, se vos não poupa,
porque sois mui fraca roupa
para alvo da minha pena:
se alguém se queima, e condena,
porque vê, que os meus apodos
vão frisando por seus modos,
ninguém os tome por si,
um pelo outro isso si,
que assim frisarão com todos.

3
Vós com malícia veloz
aplicai-o a um coitado,
que este tal terá cuidado

de vo-lo aplicar a vós:
desta aplicação atroz
de um por outro, e outro por um,
como não livrar nenhum,
ninguém do Poeta então
se virá a queixar, senão
do poema, que é comum.

4
Bonetes da minha mão,
como os lanço ao ar direitos,
caindo em vários sujeitos
n'uns servem, e n'outros não:
não consiste o seu senão,
nem menos está o seu mal
na obra, ou no oficial,
está na torpe cabeça,
que se ajusta, e endereça
pelos moldes de obra tal.

5
E pois, Padre, vos importa
nos meus moldes não entrar,
deveis logo endireitar
a cabeça, que anda torta:
mas sendo uma praça morta,
e um zotíssimo ignorante
vir-vos-á a Musa picante
a vós, Padre mentecapto,
de molde como sapato,
e ajustada como um guante.

6
Outra vez vos não metais
sentir alheios trabalhos,

que dirão, que comeis alhos
galegos, pois vos queimais:
e porque melhor saibais,
que os zotes, de que haveis dor,
são de abatido valor,
vede nos vossos sentidos,
quais serão os defendidos,
sendo vós o defensor.

17 [66-69]

Ao Padre Manuel Domingues Loureiro que recusando ir por Capelão para Angola por ordem de Sua Ilustríssima, foi ao depois preso, e maltratado, porque resistiu às ordens do mesmo Prelado.

Décimas

1
Para esta Angola enviado
vem por força do destino,
um marinheiro ao divino,
ou mariola sagrado:
com ser no monte gerado
o espírito lhe notei,
que com ser besta de lei,
tanto o ser vilão esconde,
que vem da vila do conde
morar na casa d'El-Rei.

2
Por não querer embarcar
com ousadia sobeja
atado das mãos da Igreja
veio ao braço secular:
a empuxões, e a gritar
deu baque o Padre Loureiro:
riu-se muito o carcereiro,
mas eu muito mais me ri,
pois nunca Loureiro vi
enxertado em Limoeiro.

3
No argumento, com que vem
da navegação moral,
diz bem, e argumenta mal,
diz mal, e argumenta bem:
porém não cuide ninguém,
que com tanta matinada
deixou de fazer jornada,
porque a sua teima astuta
o pôs de coberta enxuta,
mas mal acondicionada.

4
O Mestre, ou o capitão
(diz o Padre Frei Orelo),
que há de levar um capelo,
se não levar capelão:
vinho branco, e negro pão
diz, que no mar fez a guerra,
pois logo sem razão berra,
quando na passada mágoa
trouxe vinho como água,
e farinha como terra.

5
Com gritos a casa atroa,
e quando o caso distinga,
quer vomitar na moxinga,
antes que cagar na proa:
querer levá-lo a Lisboa
com brandura, e com carinho,
mas o Padre é bebedinho,
e ancorado a porfiar
diz, que não quer navegar
salvo por um mar de vinho.

6
Aquentou muito a História
sobre outras ações velhacas
ter-lhe aborcado as patacas
o magano do Chicória:
mas sendo a graça notória,
diz o Padre na estacada,
que ficarão à pancada,
quando um, e outro desfeche
se o Loureiro de escabeche,
o Chicória de selada.

18 [70-72]

Ao Vigário da Madre de Deus Manuel Rodrigues se queixa o Poeta de três clérigos que lhe foram à casa pela festa do Natal onde também ele estava: e com galantaria o persuade, a que sacuda os hóspedes fora de casa pelo gasto, que faziam.

Décimas

1
Padre; a casa está abrasada,
porque é mais danosa empresa
pôr três bocas n'uma mesa,
que trezentas n'uma espada:
esta trindade sagrada,
com que toda a casa abafa
a tomara ver já safa,
porque à casa não convém
trindade, que em si contém
três Pessoas, e uma estafa.

2
Vós não podeis sem dar pena
pôr à mesa três Pessoas,
nem sustentar três coroas
em cabeça tão pequena:
se a fortuna vos condena,
que vejais a casa rasa
com gente, que tudo abrasa,
não sofro, que desta vez
vos venham coroas três
fazer princípio de casa.

3
Se estamos na Epifania,
e os três coroas são Magos,
hão de fazer mil estragos
no caju, na balancia:
mágica é feitiçaria,
e a terra é tão pouco esperta,
e a gentinha tão incerta,
que os três a vosso pesar
não vos hão de oferta dar,
e hão de mamar-vos a oferta.

4
O incenso, o ouro, a mirra
que eles vos hão de deixar,
é, que vos hão de mirrar,
se vos não defende um irra:
o Crasto por pouco espirra,
porque é dado a valentão,
e se lhe formos à mão
no comer, e no engolir,
aqui nos há de frigir
como postas de cação.

19 [72-73]

Aos Mesmos Padres hóspedes entre os quais vinha o Padre Perico, que era pequenino.

Soneto

Vieram Sacerdotes dous e meio
Para a casa do grande sacerdote,
Dous e meio couberam em um bote,
Notável carga foi para o granjeiro.

O barco, e o Arrais, que ia no meio,
Tanto que em terra pôs um, e outro zote,
Se foi buscar a vida a todo o trote,
Deixando a carga, o susto, e o recreio.

Assustei-me em ver tanta clerezia,
Que como o trago enfermo de remela,
Cuidei, vinham rezar-me a agonia.

Porém ao pôr da mesa, e postos nela,
Entendi, que vieram da Bahia
Não mais que por papar a cabidela.

20 [73-76]

Ao Mesmo Vigário galanteia o Poeta fazendo chistes de um mimo, que lhe mandara Brites uma graciosa comadre sua, entre o qual vinha para o Poeta um caju.

Décimas

1
Ao Padre Vigário a flor,
ao pobre Doutor o fruito,
há nisto, que dizer, muito,
e dirá muito o Doutor:
tenho por grande favor,
que a título de compadre
deis, Brites, a flor ao Padre:
mas dando-me o fruito a mim,
o que se me deu assim,
é força, que mais me quadre.

2
Quadra-me, que o fruito influa,
que uma flor, que eu não queria,
se dê, a quem principia
e o fruito, a quem continua:
se o fruito faz, que se argua,
que eu sou o dono da planta,
a flor seja tanta, ou quanta,
sempre o dono a quer perdida,
porque pelo chão caída
faz, que o fruito se adianta.

3
Quem é do fruito Senhor
sabe as Leis d'agricultura,
que todo o fruito assegura,
e despreza toda a flor:
e inda que chamam favor
dar a sua flor a Dama
àquele, por quem se inflama,
eu entendo de outro modo,
e ao fruito mais me acomodo,
que honra, e proveito se chama.

4
Porque na testa vos entre
o mistério, que isto encerra,
quem me dá o fruito da terra,
me pode dar do seu ventre:
e porque se reconcentre
este vaticínio imundo
no vosso peito fecundo,
digo qual bom augureiro,
que quem me deu o primeiro,
me pode dar o segundo.

5
O Padre andou muito tolo
em vos estimar a flor,
porque era folha o favor,
e o meu todo era miolo:
com meu favor me consolo
de sorte, e tão por inteiro,
que afirmo por derradeiro,
que um favor, e outro suposto,
eu levo de vós o gosto,
e o Padre vigário o cheiro.

6

Eu do Vigário zombei,
porque vejo, que levou
uma flor, que se murchou,
e eu o fruito vos papei:
este exemplo lhe gravei,
y este desengaño doy
de la dicha, en que me estoy
cantando à su flor ansi,
que ayer maravilla fui,
y hoy sombra mía aún no soy.

FRADES

21 [77]
À Morte do Padre Antônio Vieira.

Soneto

Corpo a corpo à campanha embravecida,
Braço a braço à batalha rigorosa
Sai Vieira com sanha belicosa,
De impaciente a morte sai vestida.

Investem-se cruéis, e na investida
A morte se admirou menos lustrosa,
Que Vieira com força portentosa
Sua ira cruel prostrou vencida.

Porém ele vendo então, que na empresa
Deixava a morte à morte: e ninguém nega,
Que seus foros perdia a natureza;

E porque se exercite bruta, e cega
Em devorar as vidas com fereza,
A seu poder rendido a sua entrega.

22 [78]

Ao Frei Pascoal que sendo abade de Nossa Senhora das Brotas hospedou ali com grandeza a Dona Ângela, e seus Pais, que foram de romaria àquele Santuário.

Soneto

Prelado de tan alta perfección,
Que supo en un aplauso, en un festín
Congregar en su casa un serafín
Cercado de tan alta relación:

Jamás tenga en su cargo disensión,
Ni en sus Fraylecitos vea motín:
Ninguno Hijuelo suyo sea ruin,
Y los crie en su santa bendición.

Llena esté la cocina de sartén,
Y siempre el refectorio abunde en pan,
Que bien merece Frayle tan de bien.

A quien el sacro bago se le dan
Regir la casa santa de Belén,
Y que ya se la quite al Soliman.

23 [79-84]

À sagacidade cavilosa, com que este Religioso fez prender a Tomás Pinto Brandão: dá o Poeta conta a um amigo da cidade desde a Vila de São Francisco.

Décimas

1
Já que entre as calamidades,
em que a fortuna me encerra,
não colho os fruitos da terra,
vos mando outras novidades:
e como nesta as verdades
têm mais que n'outra amargor,
será ardil de mercador
embarcá-las além-mar,
porque a risco vão ganhar
dez por cento em seu valor.

2
Sucedem nesta conquista
cada dia sobre os vasos
casos, que por serem casos,
se propõem a um Moralista:
cursava um Frei Algebrista
de certa ordem sagrada
na escola de uma casada,
que lia em falsa cadeira
putaria verdadeira
por postila adulterada.

3
Ia tomar-lhe a postila
um curioso Estudante
secular como um diamante
Moço honrado desta vila:
e como tinha quigila
o Frade no companheiro,
lhe grunhia o dia inteiro
ao pobre do secular,
porque lhe havia encaixar
a pena no seu tinteiro.

4
Não cuide, que temo agouros,
nem crea de mim, que sinta,
que me ande gastando a tinta,
mas não destripe os poedouros:
queria dar-lhe uns estouros
ao pobre do secular,
que como vinha a furtar,
e lhe convinha o sofrer,
calava só por comer,
comia só por calar.

5
Mas o Frade impaciente
com tão leiga sociedade
se vestiu de caridade,
e foi queixar-se ao Regente:
disse, que o Moço insolente
difamava uma casada,
e tinha a vida arriscada,
porque em certa ocasião
o Frade lhe dera ao cão,
e o cão não lhe dera nada.

6
O Regente, que encaminha
tudo à boa providência,
suposto que tem prudência,
contudo não adivinha,
entendeu, que a casadinha
era parenta do Frade,
não se enganou em verdade,
porque estando ela c'o mês,
é parenta, em que lhe pês,
do Frade em sanguinidade.

7
Preso enfim o secular,
porque a todos nos espante,
foi o primeiro estudante,
que prendem por estudar:
o que venho a perguntar,
é, quem foi o alcoviteiro,
deste Fradinho embusteiro,
se a prisão, se o Regedor,
ou se acaso o prendedor,
que se diz Manuel Monteiro?

8
O preso tudo é gritar,
que se ouve por toda a vila,
que dele tomar postila
têm todos, que argumentar:
o Frade tudo é instar,
que a culpa é muito maligna,
que à popa, ou pela bolina
deve ir n'uma paviola
o secular para Angola,
porque ele fique na mina.

9
Afirma o Preso em verdade,
que àquela escola ruim
ia aprender mau Latim,
por se querer meter frade:
e sua Paternidade
usava de ingratidão,
pois sem causa, nem razão,
a quem lhe fez o favor
de o ir desprender de amor,
o tinha posto em prisão.

10
Item, que sempre fugia
do Fradinho às encontradas,
pois ia em horas minguadas,
quando o Frade às cheias ia:
que sempre se lhe escondia,
por lhe ouvir, que é sua Prima
e porque ele o não oprima,
tomava em horas traidoras
as lições das outras horas,
e lhe deixava as da Prima.

11
Eu vos proponho os motivos
do sucesso, e seus fracassos,
porque quem ignora os casos,
não sabe os nominativos:
eu perco logo os estrivos
com estas filatarias,
pois vejo todos os dias,
que um Frade (seja quem quer)
pelo meio de as perder
assegura as putarias.

12
O pobre do secular,
porque o caso vá distinto,
se chama Fulano Pinto,
mas já Pinto de galar:
porém o Frade alveitar,
que eu tenho por macacão,
não entra em publicação,
por que eu perca esse regalo,
pois morro por batizá-lo,
para que morra cristão.

24 [85-86]

A certo Provincial de certa religião que pregou o mandato em termos tão ridículos que mais serviu de motivo de riso, do que de compaixão.

Décimas

1
Inda está por decidir,
meu Padre Provincial,
se aquele sermão fatal
foi de chorar, se de rir:
cada qual pode inferir,
o que melhor lhe estiver,
porque aquela má mulher
da preversa sinagoga
fez no sermão tal chinoga,
que o não deixou entender.

2
Certo, que este lava-pés
me deixou escangalhado,
e quanto a mim foi traçado
para risonho entremês:
eu lhe quero dar das três
a outro qualquer Pregador,
seja ele quem quer que for,
já filósofo, ou já letrado,
e quero perder dobrado,
se fizer outro peior.

3
E vossa Paternidade,
pelo que deve à virtude,
de tais pensamentos mude,
que prega mal na verdade:
faça atos de caridade,
e trate de se emendar,
não nos venha mais pregar,
que jurou o Mestre Escola,
que por pregar para Angola
o haviam de degradar.

[87]

A Frei Tomás d'Apresentação pregando em termos lacônicos a Primeira Dominga da Quaresma.

Soneto

Padre Tomás, se Vossa Reverência
Nos pregar as Paixões desta arte mesma,
Viremos a entender, que na Quaresma
Não há mais pregador do que Vossência.

Pregar com tão lacônica eloquência
Em um só quarto, o que escreveu em resma,
A fé, que o não fazia Frei Ledesma,
Que pregava uma resma de abstinência.

Quando pregar o vi, vi um São Francisco,
Senão mais eficaz, menos chagado,
E de o ter por um Anjo estive em risco.

Mas como no pregar é tão azado,
Achei, que no evangélico obelisco
É Cristo no burel ressuscitado.

[88-90]
Um Amigo deste Religioso pediu ao Poeta suas aprovações sobre a mesma prédica, a peditório do mesmo Pregador neste

---

MOTE
Louvar vossas orações
é próprio do Pregador,
e a mim me dá mais temor
o Pregador, que os sermões.

Glosa

1
Só o vosso entendimento
vos pode Tomás louvar,
e eu se pudera imitar
qualquer vosso pensamento:
para mostrar seu talento
fez um círculo em borrões
Apeles com dous carvões;
quem vira uma risca vossa?
Riscai vós, para que eu possa
Louvar vossas orações.

2
A causa é melhor, que o efeito
na boa filosofia,
e assim é vossa energia
menor, que o vosso sujeito:

logo se no humano peito
não há alcançar o primor
nas obras de tal autor,
mal a causa alcançarão,
pois o pregar do sermão
É próprio do Pregador.

3
Se louvo vossa alta idea,
sou culpado em me atrever,
e sou culpado em meter,
a fouce em seara alheia:
nesta empresa, em que recea
entrar o engenho maior,
entra o néscio sem pavor,
porque a louca valentia
dá ao néscio a ousadia,
E a mim me dá mais temor.

4
Ou cobarde, ou atrevido,
ou ousado, ou não ousado
hei de dizer empenhado,
o que calava entendido:
um amigo a vós rendido
pede a vossas orações
as minhas aprovações,
e eu calando lhe obedeço,
porque fique em maior preço
O Pregador, que os sermões.

[90-92]

O Mesmo Amigo pediu ao Poeta em outra ocasião lhe glosasse este mote, cuja matéria foi haver triunfado o dito Frei Tomás de certa oposição capitular.

MOTE
Nuvens, que em oposição
o sol querem desluzir,
seus raios sabem sentir
por ser seu cuidado vão.

Glosa

1
No Céu pardo de Francisco
pardo à força de nublados
há vapores humilhados,
e soberbos com seu risco:
o soberbo ao sol arisco
se põe, e o humilhado não,
e o sol menos queima então
às nuvens, que chegar vê
em acatamentos, que
Nuvens, que em oposição.

2
As nuvens, que se lhe opõem
com tão néscio atrevimento,
o sol de um raio violento
queima, abrasa, e descompõe:

tudo o mais o sol dispõe
para o manter, e cobrir,
criar, e reproduzir,
e com razão não tem fé
co'as nuvens ingratas, que
O Sol querem desluzir.

3
O Sol por sua altiveza,
e nativo luzimento
não recebe abatimento
e abatê-lo é louca empresa:
quando se atreve a vileza
do vapor, que o vai seguir
na nuvem, que o quer cobrir,
se a subir não tem desmaios,
ao resistir dos seus raios
Seus raios sabem sentir.

4
Sentem com tanto pesar,
que têm por melhor partido
não haver ao sol subido
que subir para baixar:
era força escarmentar
na queda de Faetão,
e na Icária perdição,
que estes outros se arruinaram,
quando ao sol subir cuidaram,
Por ser seu cuidado em vão.

28 [93-96]

Ao sobredito Religioso desdenhando crítico de haver Gonçalo Ravasco, e Albuquerque na presença de sua Freira vomitado umas náuseas, que logo cobriu com o chapéu.

Décimas

1
Quem vos mete, Frei Tomás,
em julgar as mãos de amor,
falando de um amador
que pode dar-vos seis e ás?
Sendo vós disso incapaz,
quem vos mete, Frei Franquia,
julgar, se foi policia
o vômito, que arrotastes,
se quando vós o julgastes,
vomitastes uma asnia:

2
Sabeis, por que vomitou
aquele amante em jejum?
lembrou-lhe o vosso budum,
e a lembrança o enjoou;
e porque considerou,
que o tal budum vomitado
era um fedor refinado,
por não ver poluto um céu,
o cobriu com seu chapéu,
e em cobri-lo o fez honrado.

3
Vós sois um pantufo em zancos,
mais oco do que um tonel,
e se estudais no burel,
entendereis de tamancos:
que as ações dos homens brancos,
tão brancos como Fuão,
não as julga um maganão
criado em um oratório,
julgador de refeitório,
que dá o nosso Guardião.

4
O que sabeis, Frei Garrafa,
é a traça, e a maneira,
com que estafais uma Freira,
dizendo, que vos estafa:
vós saís com a manga gafa
do palangana, e tigela
d'ovos moles com canela,
e tão mal correspondeis,
que esse tempo, que a comeis,
são as têmporas para ela.

5
Item sabeis tresladar
falto de próprios conselhos
de trezentos sermões velhos
um sermão para pregar:
e como entre o pontear,
e cirgir obras alheias
se enxergam vossas ideias,
mostrais pregando de falso,
que sendo um Frade descalço,
andais pregando de meias.

6
E pois vossa Reverência
quis ser julgador de nora,
tenha paciência, que agora
se lhe tira a residência:
e inda que a minha clemência
se há com dissimulação,
livre-se na relação
dos cargos, em que é culpado
ser glutão como um capado,
como um bode fodinchão.

[96-98]

A certo Frade que tratava com uma depravada Mulata por nome Vicência que morava junto ao Convento, e atualmente a estava vigiando desde o campanário.

Décimas

1
Reverendo Frei Sovela,
saiba vossa Reverência,
que a caríssima Vicência
põe cornos de cabidela:
tão vária gente sobre ela
vai, que não entra em disputa,
se a puta é mui dissoluta,
sendo, que em todos os povos
a galinha põe os ovos
e põe os cornos a puta.

2
Se está vossa Reverência
sempre à janela do coro,
como não vê o desaforo
dos Vicêncios co'a Vicência?
como não vê a concorrência
de tanto membro, e tão vário,
que ali entra de ordinário?
mas se é Frade caracol,
bote esses cornos ao sol
por cima do campanário.

3
Do alto verá você
a puta sem intervalos
tangida de mais badalos,
que tem a torre da Sé:
verá andar a cabra mé
berrando atrás dos cabrões,
os ricos pelos tostões
os pobres por piedade,
os leigos por amizade,
os Frades pelos pismões.

4
Verá na realidade
aquilo, que já se entende
de uma puta, que se rende
às porcarias de um Frade:
mas se não vê de verdade
tanto lascivo exercício,
é, porque cego do vício
não lhe entra no oculorum
o secula seculorum
de uma puta de ab initio.

[98-102]

Ao louco desvanecimento, com que este Frade tirando esmolas cantava regaçando o hábito por mostrar as pernas, com presunções de gentil-homem, bom membro, e boa voz.

Liras

Ouve, Magano, a voz, de quem te canta
Em vez de doces passos de garganta
Amargos pardieiros de gasnate:
Ouve, sujo Alparcate,
As aventuras vis de um Dom Quixote
Revestido em remendo de picote.

Remendado dos pés até o focinho
Me persuado, que és Frade Antoninho:
Por Frei Basílio sais de São Francisco,
E entras Frei Basilisco,
Pois que deixas à morte as Putas todas,
Ou já pela má vista, ou pelas fodas.

Tu tens um membralhaz aventureiro,
Com que sais cada trique ao terreiro
A manter cavalhadas, e fodengas,
Com que as putas derrengas;
Valha-te: e quem cuidara, olhos de alpistre,
Que seria o teu membro o teu enristre!

Gabas-te, que se morrem as Mulatas
Por ti, e tens razão, porque as matas
De puro pespegar, e não de amores,

Ou de puros fedores,
Que exalam, porcalhão, as tuas bragas,
Com que matas ao mundo, ou as estragas.

Dizem-me, que presumes de três partes,
E as de Pedro serão de malas artes:
Boa voz, boa cara, bom badalo,
Que é parte de cavalo:
Que partes podes ter, vilão agreste,
Se não sabes a parte, onde nascestes?

Vestido de burel um salvajola
Que partes pode ter? de mariola:
Quando o todo é suor, e porcaria,
A parte que seria?
Cada parte budum, catinga, e lodos,
Que estas as partes são dos Frades todos.

Não te desvaneça andar-te a puta ao rabo,
Que Joana Lopes dormirá c'o diabo;
E posto que a Mangá também forniques,
Que é moça de alfiniques,
Supõe, que tinha então faminta a gola,
E que te quis mamar o pão da esmola.

Não hão mister as putas gentilezas,
Que arto bonitas são, arto belezas:
O que querem somente, é dinheiro,
E se as cavalgas tu, pobre sendeiro,
É, porque dando esmolas, e ofertório,
Quando as pespegas, geme o refeitório.

Prezas-te de galã, bonito, e pulcro,
E os fedores da boca é um sepulcro
A cães mortos te fede a dentadura,

E se há puta, que te atura
Tais alentos de boca, ou de traseiro,
É porque tu as incensas com dinheiro.

O hábito levantas no passeio,
E cuidas, que está nisso o galanteio,
Mostras a perna mui lavada, e enxuta,
Sendo manha de puta
Erguer a saia por mostrar as pernas,
Com que és hermafrodita nas cavernas.

Tu és Filho de um sastre de bainhas,
E botas muito mal as tuas linhas,
Pois quando fidalgão te significas,
A ti mesmo te picas,
E dando pontos em grosseiro pano,
Mostras pela entertela, que és magano.

Torna em teu juízo, louco Durandarte,
Se algum dia o tiveste, a que tornar-te;
Teme a Deus, que em tão louco desatino
De algum celeste signo
Hei medo, que um badalo se despeça,
E te rompa a cabaça, ou a cabeça.

Se és Frade, louva ao Santo Patriarca,
Que te sofre calçar-lhe a sua alparca,
Que juro a tal, se ao século tornaras,
Nem ainda te fartaras
De ser um tapanhuno de carretos,
Por não ser mariola, onde há pretos.

31 [102-105]

Ao Mesmo Frade torna a satirizar o Poeta, sem outra matéria nova, senão presumindo, que quem o Demo toma uma vez sempre lhe fica um jeito.

Décimas

1
Reverendo Frei Fodaz,
não tenho matéria nova,
de que vos faça uma trova,
mas da antiga tenho assaz:
que como sois tão capaz
de ires de mau a peior,
suponho de vosso humor,
que enquanto a velha, e o frade
sois sempre em qualquer idade
mais ou menos fodedor.

2
Na boa filosofia
mais ou menos não difere,
e assim vós que estais, se infere,
na mesma velhacaria:
Lembra-me a mim cada dia
tanto sucesso indecente,
que de vós refere a gente,
que inda que d'outra monção,
sei, que de hoje para então
nada tendes diferente.

3
Se o burel, que se remenda,
e o ser frade, e ser vilão
vos fazem mais fodinchão,
como haveis de ter emenda?
Será inútil contenda
querer, que vos emendeis,
pois como vós não deixeis
de ser frade, e ser vilão,
sempre heis de ser fodinchão,
fodereis, e mais fodereis.

4
Quem a causa não desfaz,
não destrói o seu efeito,
com que vós no hábito estreito
sempre haveis de ser fodaz:
Valha o diabo o mangaz,
que em vendo a pinta, e a franga
aqui, e em Jacaracanga,
em público, e em secreto,
se lhe cheira o vaso preto,
logo a porra se lhe emanga.

5
De um pirtigo tão velhaco,
que tão súbito se engrossa,
que direi, senão que almoça
vinte picas de Macaco:
membro, que em todo o buraco
se quer meter apressado,
qual arganaz assustado,
fugindo ao ligeiro gato,
que direi, que é membro rato?
Não: porque este é consumado.

6
Pois logo que hei de dizer,
como, e com que paridade
porei o membro de um frade,
a quem não farta o foder?
eu não me sei nisto haver,
nem por que apodo me reja:
mas o mundo saiba, e veja,
que o membro deste mangado
é já membro desmembrado
da justiça, mais da Igreja.

[105-108]

A certo Frade que se meteu a responder a uma sátira, que fez o Poeta, ele agora lhe retruca com est'outra.

Silva

Ilustre, e reverendo Frei Lourenço,
Quem vos disse, que um burro tão imenso,
Siso em agraz, miolos de pateta
Pode meter-se em réstia de poeta?

Quem vos disse, magano,
Que fará verso bom um Franciscano?
Cuidais, que um tonto revestido em saco
O mesmo é ser poeta, que velhaco?
Seres mestre vós na velhacaria
Vos vem por reta via
De trajar de burel essa librea,
E o ser poeta nasce de outra vea;
Não entreis em Aganipe mais na barca,
Porque nela co'a mesma vossa alparca
Apolo tem mandado,
Que vos espanquem por desaforado.

Não sabeis, Reverendo Mariola,
Remendado de frade em salvajola,
Que cada gota, que o meu sangue pesa,
Vos poderá a quintais vender nobreza?

Falais em qualidade,
Tendo nessas artérias quantidade
De sangue vil, humor meretricano,

Pois nascestes de sêmen franciscano,
E sobre vossa Mãe em tempos francos
Caíram mil tamancos,
De sorte que não soube a sua pele,
Se vos fundiu mais este, do que aquele:
E nem vós, Frei Monturo, ou Frade Cisco,
Sabeis se filho sois de São Francisco,
Porque sois, vos prometo,
Filho do Santo não, porém seu neto.

Quem vos meteu a vós, vilão de chapa
A tomares as dores do meu mapa,
Se no mapa, que fiz não se esquadrinha
Linha tão má, como é a vossa linha?

Mas como comeis alhos,
Vós queimais, sem chegares aos borralhos;
E se acaso vos toca a putaria,
Que ali pintou a minha fantasia,
Não vos canseis em defender as putas,
Pois sendo dissolutas,
Não vos querem Soldado aventureiro,
Querem, que lhe acudais com bem dinheiro;
E querem pelo menos, Frei Bolório,
Que os sobejos lhe deis do refeitório,
Que as dádivas de um Frade
Sobejos são da leiga caridade.

E se acaso esforçastes a ousadia
À vista de uma larga companhia,
Ides, Frei Maganão, muito enganado,
Que o capitão pretérito é passado:
Não é cousa possível,
Que vos livre de trago tão terrível;
Tornai em vós, Frei Burro, ou Frei Cavalo,

Que cair sobre vós pode o badalo
De algum celeste signo, que vos abra,
E sem dizer palavra
Vos leve em corpo, e alma algum demônio
Por mau imitador de Santo Antônio;
Confessai vossas culpas, Frei Monturo,
Que anda a morte de ronda pelo muro,
E se na esfera vos topar a puta,
Vós heis de achar no inferno a pata enxuta.

33 [108-111]

A certo Frade na Vila de São Francisco a quem uma Moça fingindo-se agradecida a seus repetidos galanteios, lhe mandou em simulações de doce uma panela de merda.

Décimas

1
Reverendo Frei Antônio
se vos der venérea fome,
praza a Deus, que Deus vos tome,
como vos toma o demônio:
uma purga de antimônio
devia a Moça tomar,
quando houve de vos mandar
um mimo, em que dá a entender,
que já vos ama, e vos quer
tanto, como o seu cagar.

2
Fostes-vos mui de lampeiro
vós, e os amigos de cela
ao miolo da panela,
e achastes um camareiro:
metestes a mão primeiro,
de que vos desenganásseis,
e foi bem feito, que achásseis,
cagalhões, que então sentistes,
porque aquilo, que não vistes,
quis o demo, que cheirásseis.

3
A hora foi temerária,
o caso tremendo, e atroz,
e essa merda para vós
se não serve, é necessária:
se a peça é mui ordinária,
eu de vós não tenho dó:
e se não dizei-me: é pó
mandar-vos a ponto cru
a Moça prendas do cu,
que tão vizinho é do có?

4
Se vos mandara primeiro
o mijo n'um panelão,
não ficáveis vós então
mui longe do mijadeiro:
mas a um Frade malhadeiro
sem correa, nem lacerda,
que não sente a sua perda,
seu descrédito, ou desar,
que havia a Moça mandar,
senão merda com mais merda?

5
Dos cagalhões afamados
diz esta plebe inimiga,
que eram de ouro de má liga
não dobrões, porém dobrados:
aos Fradinhos esfaimados,
que abrindo a panela estão,
dai por cabeça um dobrão,
e o mais mandai-o fechar;
que por isso, e por guardar,
manhã sereis guardião.

6
Se os cagalhões são tão duros,
tão gordos, tão bem dispostos,
é, porque hoje foram postos,
e ainda estão mal maduros:
repartam-se nos monturos,
que na enxurrada dos tais
é de crer, que abrandem mais,
porque a Moça cristãmente
não quer, que quebreis um dente,
mas deseja, que os comais.

34 [112-118]

A certo Frade que galanteando umas senhoras no Convento de Odivelas, lhes entregou hábito, e menores para um fingido entremês, e conhecendo o chasco, em alta noite deu em cantar o miserere, borrando, e ourinando todo o parlatório, pelo que a Abadessa lhe deu os seus hábitos, e uma lanterna para se retirar a Lisboa.

Décimas

1
Reverendo Frei Carqueja,
quentárida com cordão,
magano da religião,
e mariola da Igreja:
Frei Sarna, ou Frei Bertoeja,
Frei Pirtigo, que o centeio
móis, e não dás recreio,
Frei Burro de Lançamento,
pois que sendo um Frei Jumento,
és um jumento sem freio.

2
Tu, que nas pardas cavernas
vives de um grosso saial,
és carvoeiro infernal,
pois andas com saco em pernas:
lembrem-te aquelas fraternas,
que levaste a teu pesar,
quando a Prelada Bivar
por culpa, que te cavou,
de dia te desfradou
para à noite te expulsar.

3
Pela dentada, que Adão
deu no vedado fruteiro,
de folhas fez um cueiro,
e cobriu seu cordavão:
a ti o querer ser glutão
de outra maçã reservada,
ao vento te pôs a ossada,
mas com diferença muita,
que se nu te pôs a fruita,
tu não lhe deste a dentada.

4
De José se diz cad'hora,
que o fez um servo de chapa
deixar pela honra a capa
nas mãos da amante senhora:
tu na mão, que te namora,
por honra, e por pundonor
deixas hábito, e menor,
mas com desigual partido,
que José de acometido,
e tu de acometedor.

5
Desfradado em conclusão
te vistes em couro puro,
como vinho bem maduro,
sendo, que és um cascarrão:
era pelo alto serão,
quando a gente às adivinhas
viu entre queixas mesquinhas
na varanda um Frade andeiro
saído do Limoeiro
a berrar pelas casinhas.

6
Como Galeno na praça
apareceste ao luar
pobre, roubado do mar,
que era ver-te um mar de graça:
quando um pasma, e outro embaça;
não me tenham por visão,
frade sou inda em cueiros,
tornei-me aos anos primeiros,
e Bivar foi meu Jordão.

7
Porque luz se te não manda,
tu por não dar n'um ferrolho,
dizem, que abriste o teu olho,
que é cancela, que tresanda:
chovias por uma banda,
e por outra trovejavas,
viva tempestade andavas,
porque à comédia assistias,
que era tramoia fingias,
e na verdade o passavas.

8
Ninguém há, que vitupere
aquele lanço estupendo,
quando o teu pecado vendo
tomaste o teu miserere:
mas é bem, que me exaspere
de ver, que todo o sandeu,
que nos tratos se meteu
de Freiras, logo confessa,
que isso lhe deu na cabeça,
e a ti só no cu te deu.

9
Dessa hora temerária
ficou a grade de guisa,
que se até ali foi precisa,
desde então foi necessária:
tu andaste como alimária,
mas isso não te desdoura,
porque fiado na coura
da brutesca fradaria
estercaste estrebaria,
o que gostas manjedoura.

10
Que és frade de habilidade,
dás grandíssima suspeita,
pois deixas câmara feita,
o que foi té agora grade:
tu és um corrente Frade
nos lances de amor, e brio,
pois achou teu desvario
ser melhor, e mais barato,
do que dar o teu retrato,
pôr na grade o teu feitio.

11
Corrido enfim te ausentaste,
mas obrando ao regatão,
pois levaste um lampião
pela cera, que deixaste:
sujamente te vingaste
Frei Azar, ou Frei Piorno,
e estás com grande sojorno,
e posto muito de perna,
sem veres, que essa lanterna
te deram, por dar-te um corno.

12
O com que perco o sentido,
é ver, que em tão sujo tope
levando a Freira o xarope
tu ficaste o escorrido:
na câmara estás provido
e de ruibarbo com capa,
mas lembro-te Frei Jalapa,
que por cagar no sagrado
o cu tens excomungado,
se não recorres ao Papa.

13
Muito em teus negócios medras
com furor, que te destampa,
pois sendo um louco de trampa,
te tem por louco de pedras:
é muito, que não desmedras,
vendo-te trapo, e farrapo,
antes co'a Freira no papo,
como no sentido a tinhas,
parece, que a vê-la vinhas,
pois vinhas com todo o trapo.

14
Tu és magano de lampa,
Bivar é Freira travessa,
a Freira pregou-te a peça,
mas tu armaste-lhe a trampa:
se o teu cagar nunca escampa,
nunca estie o seu capricho,
e pois t'a pregou, Frei Mixo,
chame-se por todo o mapa
ela travessa de chapa,
e tu magano de esguicho.

35 [119-121]

A certo Frade, que Querendo embarcar-se para fora da Cidade, furtou um cabrito, o qual sendo conhecido da mãe pelo berro o foi buscar dentro do barco, e como não teve efeito o dito roubo, tratou logo de furtar outro, e o levou assado.

Décimas

1
De fornicário em ladrão
se converteu Frei Foderibus
o lascivo em mulieribus,
o mui alto fodinchão:
foi o caso, que um verão
tratando o Frade maldito
de ir da cidade ao distrito,
querendo a cabra levar,
para mais a assegurar,
embarcou logo o cabrito.

2
Mas a cabra esquiva, e crua
a outro pasto já inclinada
não quis fazer a jornada,
nem que a faça cousa sua:
balou uma, e outra rua
com tal dor, e tal paixão,
que respondendo o mamão
alcançou todo o distrito
nas respostas do cabrito
o codilho do cabrão.

3
Estava ele muito altivo
com seu jogo bem assaz,
porém, por roubar sem ás
perdeu bolo, cabra, e chibo:
porque sem pôr pé no estrivo
saltou na barca do Alparca,
e dizendo desembarca
saiu c'o filho a correr,
porque então não quis meter
com tal cabrão pé em barca.

4
O Frade ficou n'um berro,
porque temia o maldito
se não levasse o cabrito,
de achar, que lhe pegue um perro:
e por não cair nesse erro
n'um rebanho em boa fé
foi, e prendeu por um pé
outro, a quem o Frei Caziqui,
quando ele dizia mihi,
ele respondia mé.

5
Do mé desaparecido
foi logo o dono avisado,
que o Frade lhe havia achado,
antes dele o haver perdido:
e sendo o sítio corrido,
se achou, que a modo de pá
n'um forno o cabrito está,
que o Frade é destro ladrão,
porém nesta ocasião
saiu-lhe a fornada má.

36 [122-128]

A certo Frade que pregando muitos despropósitos na Madre de Deus foi apedrejado pelos rapazes, e se fingiu desmaiado por escapar: mas depois furtando ao Poeta um bordão, e ao Aspista da festa um chapéu, se retirou: porém sabendo-se do furto lhe foi ao caminho tirar das mãos um Mulato de Domingos Borges.

Décimas

1
Reverendo Padre em Cristo,
Frei Porraz por caridade,
Padre sem paternidade
salvo a tem pelo Anticristo:
não me direis, que foi isto,
que dizem, quando pregastes,
tão depressa vos pagastes,
que antes que o sermão findara
no saco da vossa cara
tanto cascalho embolsastes.

2
Pregastes tanta parvoíce
de tolo, e de beberrão,
que o povo bárbaro então
entendeu, que era louquice:
quis-vos seguir a doudice,
e posto no mesmo andar,
em lugar de persignar
uma pedrada vos prega,
que a testa ainda arrenega
de tal modo de pregar.

3
Aqui-d'El-Rei me aturdistes,
e como um Paulo pregáveis,
entendi, quando gritáveis,
que do cavalo caístes:
vós logo me desmentistes,
dizendo, não tenho nada,
fingi aquela gritada,
porque entre tantos maraus
com seixos, limões, e paus
não viesse outra pedrada.

4
Bem creio eu, Peralvilho,
que sois cavalo de Troia,
e fazeis uma tramoia
co'a morte no garrotilho:
mas se perdendo o codilho,
que ganhais a mão, dizeis,
a vós o engano fazeis,
porque se quem compra, e mente,
se diz, que na bolsa o sente,
vós na testa o sentireis.

5
Vendo-vos escalavrado
o Vigário homem do céu
em casa vos recolheu,
por vos salvar no sagrado:
vós sois tão desaforado,
que não quisestes cear,
não mais que pelo poupar,
sendo que sois tão má prea,
que lhe poupastes a cea,
por lhe roubar o jantar.

6
Fostes-vos de madrugada,
deixando-lhe aberta a porta,
mas a porta pouco importa,
importa a casa roubada:
fizestes uma trocada,
que só a pudera fazer
um beberrão a meu ver,
d'um por outro chapéu podre,
que trocar odre por odre
venha o demo a escolher.

7
Ficou o Mestre solfista
sem chapéu destro, ou sinestro,
e ainda que na arpa é destro,
vós fostes maior arpista:
quem por ladrão vos alista,
saiba, que sois mau ladrão,
que não perdendo ocasião,
lá em cima na vossa estada,
levastes a bordoada,
cá embaixo o meu bordão.

8
Tomastes do rio a borda,
e vendo os amigos Borges,
que leváveis tais alforjes,
trataram de dar-vos corda:
mas vendo, que vos engorda,
mais do que a vaca, o capim,
puseram-vos um selim,
um freio, e um barbicacho,
porque sendo um burro baxo
logreis honras de rocim.

9
Vendo-vos ajaezado,
pela ocasião não perder,
botastes logo a correr
atrás das éguas mangado:
apenas tínheis chegado
de Caípe à casaria,
quando um Mulataço harpia
arrogante apareceu,
e vos tirou o chapéu
sem vos fazer cortesia.

10
Tirou-vos o meu cajado,
porque sois ladrão tão mau,
que levastes o meu pau,
que não serve a um barbado:
e vendo-vos despojado
dos furtos deste lugar
vos pusestes a admirar,
de que um Mulato valente
de vos despir se contente,
podendo-vos açoutar.

11
Nunca vós, borracho alvar,
a pregar-nos vos metais,
que se a rapazes pregais,
eles vos lá hão de pregar:
tratai logo de buscar
alguma Dona Bertola,
para pregar pela gola,
como aqui sempre fizestes,
que esse é o pregar, que aprendestes,
do que podeis pôr escola.

12
E guardai-vos, maganão
bêbado, jeribiteiro,
de tornar a este oiteiro
fazer vossa pregação:
que o Mestre Pantaleão,
e o Doutor, a quem roubastes,
e os mais, que aqui encontrastes
vos esperam com escarbas
para arrancar-vos as barbas,
se é que a vinho as não pelastes.

37 [128-132]

Satiriza o Poeta o encontro, que teve Joana Gafeira, de quem falaremos largamente nas Damas da Vila de São Francisco com certo Frade em um bananal.

Décimas

1
Um Frade no Bananal,
inda que diga Joana,
que foi despencar banana,
jurarei, que não foi tal:
não foi o Frade ao quintal
para roubar a seu dono,
mas dizem por seu abono,
que foi ao quintal prover-se,
deve crer-se, e entender-se,
que foi prover-se de cono.

2
Como havia de ir o Frade
prover-se ao bananal,
se eu sei, que foi ao quintal
com outra necessidade:
que Sua Paternidade
lá fosse, a mim me constou,
mas como a Joana achou
estirada, e tartamuda,
deitou-lhe o Frade uma ajuda,
com que Joana cagou.

3
Que cagasse não me espanto,
se a calda o quintal empoça

com seringa um tanto grossa,
e comprida um tanto quanto:
sentiu-se Joana tanto,
que o Frade assim a sacuda,
que chamando, quem lhe acuda,
dizia, que na verdade
antes queria do Frade
o xarope, do que ajuda.

4
O xarope é cordial,
e ajuda é culatrina
xarope é cousa divina,
a ajuda é cousa infernal,
nunca eu fora ao bananal!
mas quem havia de crer,
que o Frade lá fosse ter,
para que ali me sacuda,
e não deixasse uma ajuda,
com que eu pudesse viver.

5
Ele me fez de maneira,
quando o canudo metia,
que eu cuidei, que me dormia
com tronco de bananeira:
e quando na derradeira
o licor senti correr
da calda, me pus a crer,
e cri, que em toda a verdade
o Frade como bom Frade
vinha ajudar-me a morrer.

6
Mas logo senti a míngua,
quando a dizer me esforçava

Jesus, ele me tapava
a boca com toda a língua:
nunca a piedade míngua,
se não n'um grosso saial,
e foi este Frade tal,
que me impediu, que falasse,
porque Deus mais não chamasse,
que o demo do bananal.

7
Que fosse ajuda não sei,
e só sei, que a puros topes
me deu o rei dos xaropes,
e não xarope de rei:
o Frade é Frade sem lei,
e de consciência torta,
pois na minha mesma horta,
quando a sua seringada
me houvera deixar curada,
então me deixou mais morta.

8
Morrera em todo o rigor
desta feita excomungada,
se a força da vardascada
não me absolve meu Senhor:
o Frade como traidor
com outro a fuga confere
e porque mais me exaspere,
cruzou o charco salgado,
porque sendo o excomungado
levasse eu o miserere.

38 [132-135]

Satiriza outro caso de uma Negra que foi achada com outro Frade, e foi bem moída com um bordão por seu Amásio, por cuja causa se sangrou, e se fingiu manca de um pé.

Décimas

1
Nunca cuidei do burel,
nem menos do seu cordão,
que fosse tão cascarrão,
tão duro, nem tão cruel:
mas vós como sois novel,
e ignorais o bom, e o mau,
vos fiastes do marau,
e o que tirastes do escote
foi ver, que era o seu picote
tão duro como um bom pau.

2
Vós fostes bem esfregada
do burel esfregador,
mas depois o pão do amor
vos deixou mais bem pisada:
no bananal enramada
vos atastes ao cordão,
que vos fez a esfregação;
depois quem vos vigiou,
nas costas vos assentou
as costuras c'um bordão.

3
Fingistes-vos mui doente,
e atastes no pé um trapo,
sendo a doença o marzapo
do Franciscano insolente:
enganastes toda a gente
fingidamente traidora,
mas eu soube na mesma hora,
que nos tínheis enganado,
e por haver-vos deitado,
fingis deitar-vos agora.

4
Eu sinto em todo o rigor
os vossos sucessos maus,
pois levastes com dous paus
um do Frade, outro do amor:
qual destes paus foi peior
vós nos haveis de dizer,
que eu não deixo de saber,
que sendo negras, ou brancas
é sempre um só pau de trancas
pouco para uma mulher.

5
Não vades ao bananal,
que é cousa escorregadia,
e heis de levar cada dia
lá no có, cá no costal:
sed libera nos a mal
dizei no vosso rosário,
e se o Frade é frandulário,
vá folgar a seu convento,
que vós no vosso aposento
tendes certo o centenário.

6
Muito mal considerastes,
no que o sucesso parou,
que o Frade vos não pagou,
e vós em casa o pagastes:
tal miserere levastes,
que vos digo na verdade,
fora melhor dá-lo ao Frade
porque é maior indecência
dá-lo à vossa negligência,
que à sua Paternidade.

[136-138]

A Bárbora uma Mulata meretriz (de quem falaremos largamente) a quem certos Frades lhe passaram um geral, do qual ficou tão perigosa que veio a sacramentar-se.

Décimas

1
Não era muito, Babu,
o sentires dor de madre,
se vos pespegou um Padre,
ou Padres o sururu:
grandes poderes tens tu,
e vigor mais que papal,
que no clima Americal,
onde um Rodela te topa,
estando fora de Europa,
escamastes um geral.

2
A Macotinha, e Jelu,
Luísa, e Inácia levaram
o geral, porém ficaram,
não como ficaste tu:
ou foi o caralho açu,
que o interno te burniu,
porque jamais ninguém viu,
que molestasse um caralho,
havendo tanto escorralho,
como o teu vaso cumpriu.

3
Se fora a primeira vez,
seria por fraca via,
mas a tua serventia
mil velhacarias fez:
e se tu tão puta és,
e sentisse o tal baldão,
qualquer era fradigão,
dos que dão treze por dúzia,
e já que foste brandúzia,
sente a dor do madrigão.

4
Chegaste do caso tal,
a tomares o Senhor,
e fora muito melhor
dar-te Berzabu bestial:
que quem pecado mortal
comete, e dele enfermou,
logo o diabo o levou,
e quem se serve do demo,
navegando à vela, e remo
nos infernos ancorou.

40 [138-142]

A Brásia do Calvário outra Mulata meretriz de que tambám falaremos, que estando em ato venéreo com um Frade Franciscano, lhe deu um acidente a que chamam vulgarmente lundus, de que o bom do Frade não fez caso, mas antes foi continuando no mesmo exercício sem desencavar, e somente o fez, quando sentiu o grande estrondo, que o vaso lhe fazia.

Décimas

1
Brásia: que brabo desar!
vós me cortastes o embigo,
mas inda que vosso amigo,
não vos hei de perdoar:
pusestes-vos a cascar,
e invocastes os Lundus;
Jesus, nome de Jesus!
quem vos meteu no miolo,
que se enfeitiçava um tolo
mais que c'o jogo dos cus?

2
O Fradinho Franciscano
sendo um servo de Jesus,
que lhe dava dos Lundus,
se é mais que os Lundus magano?
tinha ele limpado o cano
quatro vezes da bisarma,
e como nunca desarma

tão robusta artilharia,
dos lundus que lhe daria,
se ele estava co'aquela arma?

3
Chegados os tais lundus
os viu no vosso acidente,
que se os vê visivelmente
também lhe dera o seu truz:
desamarrados os cus,
porque o Frade desentese,
foi-se ele, pese a quem pese,
e vós assombrada toda,
perdestes a quinta foda,
e talvez que fossem treze.

4
O melhor deste desar
é, que o Padre, que fodia,
quando o jogo lhe acudia,
vos tocava o alvorar:
vos enforcando no ar
esse como a balravento,
então o Frade violento
entrava como um cavalo,
e o cano com tanto abalo
zurrava como um jumento.

5
Eu não vi cousa mais vã,
do que o vosso cano bento,
pois com dous dedos de vento
roncava uma Itapoã,
estava agora louçã,
crendo, que salva seria

toda aquela artilharia,
mas vós o desenganastes,
quando o murrão lhe apagastes
com chuva, e com ventania.

6
Se achais, que vos aniquilo,
porque mais pede inda o caso,
digo, que há no vosso vaso
as catadupas do Nilo:
e se o vaso vos perfilo
com rio tão hediondo;
crede, que o Nilo redondo
com todas as sete bocas
tem ruído, e vozes poucas
à vista do vosso estrondo.

7
Ninguém se espanta, que vós
venteis com tal trovoada,
porque de mui galicada
tendes no vaso combós:
é caso aqui entre nós,
que se o membro é uma viga,
em tocando na barriga
uma enche, e outra extravasa,
e vaso, que enche, e vaza,
como de marés se diga.

8
Tantas faltas padeceis
fora do vaso, e no centro,
que nada ganhais por dentro,
por fora tudo perdeis:
já por isso recorreis

ao demo, a quem vos eu dou,
e tanto vos enganou,
que o Frade o demo sentindo,
dele, e de vós foi fugindo,
e c'o demo vos deixou.

9
O demo, que é mui manhoso,
veio então a conjurar-vos,
que à força de espeidorrar-vos
veja o mundo um Frei Potroso:
coitado do religioso
corria com reverência,
nos culhões tendo esquinência
de vossa ventosidade,
mas se à casta tira o Frade,
sei, que há de ter paciência.

41 [143-145]

Passando dous Frades Franciscanos pela porta de Águeda pedindo esmola, deu ela um peido, e respondeu um deles estas palavras "irra, para tua Tia".

Décimas

1
Sem tom, nem som por detrás
espirra Águeda à janela,
mas foi espirro de trela,
porque tal estrondo faz:
que um Reverendo Sagaz
lastimado, do que ouvia,
se já não foi, que sentia
ouvia tal ronco ao traseiro,
disse para o companheiro.
"irra para tua Tia".

2
Sentiu-se Águeda do irra,
e disse, perdoe, Frade,
quem pede por caridade,
não se agasta com tal birra:
aqui nesta casa espirra
todo o coitado, e coitada;
passe avante, que isto é nada,
e se acaso se enfastia,
será para sua Tia,
ou para seu camarada.

3
Basta, que se escandaliza
do meu cu, por que se caga?

Venha cá, boca de praga,
que cousa mais mortaliza?
o peido, que penaliza,
é sorrateiro, e calado:
o peido há de ser falado,
ou ao menos estrondoso,
porque aquele, que é fanhoso,
é peido desconsolado.

4
Quantas vezes, Frei Remendo,
dará c'o meio do cu
peido tão rasgado, e cru,
que lhe fique o rabo ardendo?
Perdoe pois, Reverendo,
não cuidei, tão bem ouvia;
e se esmola me pedia,
aceite-o por caridade,
se não servir para um Frade,
leve-o para tua Tia.

[145-149]

Pinta o Poeta as porqueiras de um Frade, e seus depravados modos em matérias amorosas, satirizando de caminho a três Moças Irmãs da Vila de São Francisco, que a tanto se inclinavam.

Liras

A vós digo, Putinhas franciscanas,
Convosco falo, manas,
Ouvi pacito, e respondei-me quedo,
Que quero me digais certo segredo;
Por que com Frades vos dormis aos pares,
E tendes ódio aos membros seculares?

Não sois vós outras lâminas de prata,
Que na oficina grata,
Em que o seu malho o Senhor Pai batia,
Saístes animada argentaria?
Pois como em tais diáfanos argentos
Engastais tantos membros fedorentos?

Era qualquer de vós prata sem liga,
E hoje, não sei, se diga,
Liga fazeis c'o chumbo vil de um Frade,
Que dá com chumbo, e faz a caridade;
Ó infaustas Moças na mofina raras,
Que fazem tais baratos de tais caras!

Que esperais, que vos dê, ou vos proveja
Um magano da Igreja,
O lixo eclesiástico do mundo,

Que é senão um Franciscano imundo,
De cujas bragas nos avisa o cheiro,
Que ali o cepo vem do Pasteleiro.

O Frade porqueirão esfamiado
Apenas tem entrado,
Quando sem mais razão, nem mais palavra
Pega, arregaça, emboca, e escalavra;
Não gasta a voz, não se detém, nem pode,
Arremete, cavalga, impinge, e fode.

O secular, que é todo almiscarado,
Já do amor obrigado
Faz à Dama um poema em um bilhete,
Cobarde o faz, tímido o remete;
Se lhe responde branda, alegre o gosta,
E se tirana, estima-lhe a resposta.

Vai no outro dia passear à Dama,
Por quem amor o inflama,
E sendo o intento ver a Dama bela,
Passa-lhe a rua, e não lhe vê à janela,
Que está primeiro em um galã composto
O crédito da Dama, que o seu gosto.

Depois de muitos anos de suspiros,
De desdéns, de retiros,
Desprezos, desapegos, desenganos,
Constâncias de Jacó, serviços de anos
Fazem, com que da Dama idolatrada
Lhe vem recado, em que lhe dá entrada.

Com tal recado alvoroçado o Moço
Quer morrer de alvoroço,
E entregue todo ao súbito desvelo

Enfeita a cara bem, pentea o pelo,
Galante em cheiros, e em vestir flamante
Parece um cravo de arrochela andante.

À rua sai, e junto ao aposento
Do adorado portento,
Onde cuidou gozar da Dama bela,
Se lhe manda fazer pé de janela;
Aceita-o ele, e livre de desmaio
De amorosos conceitos faz ensaio.

Querido Ídolo meu, Prenda adorada,
(Lhe diz com voz turbada)
Se para um longo amor é curta a vida,
Meu amor vos escusa de homicida;
De que serve matar-me rigorosa,
Quem tantas setas tira de formosa?

Dai-me essa bela mão, Ninfa prestante,
E nesse rutilante
Ouro em madeixas de cabelo undoso
Prendei o vosso escravo, o vosso esposo;
Não peço muito não, e se o peço,
Amor, minha senhora, é todo excesso.

É modo Amor, que nunca teve modo,
Amor é excesso todo,
E nessa mão de neve transparente
Pouco pede, quem ama firmemente;
Dai-me por mais fineza, que os favores
São leite, e alimento dos amores.

Responde-lhe ela com um brando riso,
E no mesmo improviso
Ai (lhe diz) que acordou meu Pai agora,

Amanhã nos veremos, ide embora;
Fecha a janela, e o Moço mudo, e quedo
Fica sobre um penedo, outro penedo.

Fará isto um Fradinho Franciscano?
Fará isto um magano,
Que em casos tais quer ir com tudo ao cabo,
E fede ao budum como o diabo?
Um Frade porqueirão, e esfamiado
Não fia nos primores tão delgado.

Pois, Putas sujas, desaventuradas,
Quem vos traz deslumbradas,
Que não vedes a grande diferença,
Que vai de uma fodença à outra fodença?
Ora em castigo igual a tais maldades
Praza o Amor, que vos fodam sempre Frades.

[150]

Louva o Poeta o sermão, que pregou certo Mestre na festa, que a Justiça faz ao Espírito Santo no convento do Carmo no ano 1686.

Soneto

Alto sermão, egrégio, e soberano
Em forma tão civil, tão erudita,
Que sendo o Pregador um carmelita,
Julguei eu, que pregava um Ulpiano.

Não desfez Alexandre o nó Gordiano,
Co'a espada o rompeu (traça esquisita)
Vós na forma legal, e requisita
Soltais o nó do magistrado arcano.

Ó Príncipes, Pontífices, Monarcas,
Se o Mestre excede a Bártolos, e Abades
Vesti-lhe a toga, despojai-lhe alparcas.

Rompam-se logo as leis das Majestades,
Ouçam Ministros sempre os Patriarcas,
Pois mais podem, que leis, autoridades.

44 [151-153]

Celebra o Poeta (estando homiziado no Carmo) a burla, que fizeram os Religiosos com uma patente falsa de Prior a Frei Miguel Novelos, apelidado o Latino por divertimento em um dia de muita chuva.

Décimas

1
Victor, meu Padre Latino,
que agora se soube enfim,
que só vós sabeis latim,
para um breve tão divino:
era n'um dia mofino
de chuva, que as canas rega,
eis a patente aqui chega,
e eu por milagre o suspeito
na Igreja Latina feito,
para se pregar na grega.

2
Os sinos se repicaram
de seu moto natural,
porque o Padre Provincial,
e outros Padres lhe ordenaram:
os mais Frades se abalaram
a lhe dar obediência,
e eu em tanta complacência,
por não faltar ao primor,
dizia a um: Victor Prior,
Victor, vossa Reverência.

3
Estava aqui retraído
o Doutor Gregório, e vendo
um breve tão reverendo
ficou c'o queixo caído:
mas tornando em seu sentido
da galhofa perenal,
que não vi patente igual,
disse: e é cousa patente,
que se a patente não mente,
é obra de pedra, e cal.

4
Victor, Victor se dizia,
e em prazer tão repentino,
sendo os vivas ao latino
soavam à ingresia:
era tanta a fradaria,
que nesta casa Carmela
não cabia refestela,
mas recolheram-se enfim
cada qual ao seu celim,
e eu fiquei na minha cela.

45 [153-156]

Indo certo Frade à casa de uma meretriz lhe pediu esta quinze mil réis d'antemão para tirar umas argolas, que tinha empenhadas.

Quinze mil-réis d'antemão
Cota a pedir-me se atreve,
o diabo a mim me leve,
se ela val mais que um tostão:
que outra fêmea de canhão,
por seis tostões, que lhe dei,
toda a noite a pespeguei,
e a quem faz tal peditório
Borrório.

Ora está galante o passo;
Menina, não me direis,
se vos deu quinze mil-réis,
quem vos tirou o cabaço?
fazeis de mim tão madraço,
que vos dê tanto dinheiro
por um triste parrameiro,
que está junto ao cagatório?
Borrório.

Quereis argolas tirar
co'as moedas, que são minhas?
para tirar argolinhas
só lança vos posso dar;
vós pedis por pedinchar
sem vergonha, nem receio,
como se eu tivera cheio

de dinheiro um escritório:
Borrório.

Saís muito à vossa Mãe
nos costumes de pedir,
e eu em não contribuir
me pareço com meu Pai:
essa petição deixai;
quereis sustentar-vos só
vossa Mãe, e vossa Avó,
e todo o mais avolório?
Borrório.

Vindes a mui ruim mato,
Menina, fazer a lenha,
que outra fêmea mais gamenha
mo fazia mais barato:
buscai outro melhor pato;
quereis depenar, a quem
apenas segura tem
a ração do refeitório?
Borrório.

Quereis, que o Prelado astuto
me tome conta da esmola,
e que a bom livrar dê a sola?
que tal faça? fideputo:
eu não sou amba macuto,
nem sou tampouco matreiro,
que vós comais o dinheiro,
e eu fique de gorgotório?
Borrório.

Vós quereis sem mais nem mais,
que no sermão de repente

eu faça chorar a gente,
para que vós vos riais?
tão ruim alma me julgais,
que para as vossas cobiças
tome capelas de missas,
e que chore o Purgatório?
Borrório.

Ora enfim vós a pedir,
e eu Cota a vo-lo negar,
ou vós haveis de cansar,
ou eu me hei de sacudir:
com que venho a inferir
destas vossas petições,
que heis de pedir-me os culhões,
a parvoíce, e zimbório
Borrório.

46 [157-160]

A certo Frade que indo pregar a um convento de Freiras, e estando com uma na grade, lhe deu tal dor de barriga, que se cagou por si.

Décimas

1
Ficaram neste intervalo
pagos a Freira, e o Frade,
ela a ele deu-lhe a grade,
ele a ela deu-lhe o ralo:
fê-lo ir com tanto abalo
o seu sujo proceder,
que a vós não convém correr
com homem tão despejado,
que se andar tão desatado,
logo vos há de feder.

2
Estas novas enxurradas
fizeram com novo estilo
na casa da grade um Nilo,
catadupa nas escadas:
não foram mal suportadas
dos vizinhos do lugar,
se chegaram a alcançar
(como ouvimos referir)
que os índios perdem o ouvir,
cá perdessem o cheirar.

3
Ao Frade, que assim vos trata,
porque outra vez não se entorne,
mandai, que à grade não torne,
até soldar a culatra:
que escopeta, que não mata,
quando tão junto atirou,
bem mostra, que se errou,
e toda a munição troca,
não rebentou pela boca,
pela escorva rebentou.

4
Neste hediondo tropel
cem mil causas achareis,
que não são para papéis,
posto que as ponha em papel:
o passo foi tão cruel,
que a dizê-lo me tentou:
se bem lastimado estou,
do que deste Frade ouvi,
torne ele mesmo por si,
já que por si se entornou.

5
Do monte Olimpo se conta,
que quando há maior tromenta
deixa sua altura isenta,
porque das mais se remonta:
não sei, se vós nessa conta
entrastes, Senhora, então
naquela suja ocasião;
só sei, que o Frade seria,
pelo que dele corria,
monte, mas o limpo não.

6
Deste Frade ouvi dizer,
e é cousa digna de riso,
que tendo-se por Narciso,
fez fonte para se ver:
e deve-se repreender,
Dama bela, se vos praz
o que este Narciso faz,
pois ofende o fino amante,
deixando claro diante,
ver-se no escuro de trás.

7
Foi o Padre aqui mandado
para pregar: grande error!
não pode ser pregador
um Frade tão despregado:
seja do ofício privado,
e de entre a gente falar,
pois todos vëm alcançar
o seu salvo presumir,
que sendo mau para ouvir,
é peior para cheirar.

FREIRAS

[162]

À Morte da Excelentíssima Portuguesa Dona Feliciana de Milão Religiosa do Convento da Rosa.

Soneto

Ana, felice foste, ou Feliciana,
Que só por ver com Deus teu sprito unido
Te desunes de um corpo, que eu duvido,
Se é corpo, ou se matéria soberana.

Hoje, que habitas gloriosa, e ufana
Esse reino de luz, que hás merecido,
Não te espantes de um choro enternecido,
Que de meus saudosos olhos mana.

Pois já descansa em paz, e já repousa
Tua alma venturosa, e a branda terra
Te guarda o sono, que romper não ousa;

Peregrino, o temor hoje desterra,
Chega, e dize ternuras a essa lousa,
Que tão religioso corpo encerra.

48 [162-165]

Ouvindo o Poeta cantar no mesmo concerto à Dona Maria Freira do véu branco a quem tocava rabecão sua Irmã Dona Branca, e Dona Clara outro instrumento.

Décimas

1
Clara sim, mas breve esfera
ostenta em purpúreas horas
as mais breves três auroras,
que undoso o Tejo venera:
tantos raios reverbera
cada qual, quando amanhece,
nas almas, a que aparece,
que não foi muito esta vez,
que sendo as auroras três,
pela tarde amanhecesse.

2
Clara na brancura rara,
e de candidezes rica,
com ser Freira Dominica,
a julguei por Freira Clara:
tanta flor à flor da cara
dada em tão várias maneiras,
que entre as cinzas derradeiras
jurou certa Mariposa
as mais por Freiras da Rosa,
Clara por rosa das Freiras.

3
Branca, se por vários modos
airosa o arco conspira,
inda que a todos atira,
é Branca o branco de todos:
mas deixando outros apodos
dignos de tanto esplendor,
vibrando o arco em rigor
parece em traje fingido
Vênus, que ensina a Cupido
atirar setas de amor.

4
Maria a imitação
por seu capricho escolheu
ser Freira branca no véu,
já que as mais no nome o são:
e em tão cândida união
co'as duas Irmãs se enlaça,
que jurada então por Graça,
chove-lhe a graça em maneira,
que sendo a Graça terceira,
não é terceira na graça.

5
Entoando logo um solo
em consonância jucunda
prima, terceira, e segunda
a lira formam de Apolo:
vaguei um, e outro Polo,
mas foi diligência vã,
porque a cara mais louçã
cotejando-a nas brancuras
co'as três Irmãs formosuras,
não vi formosura irmã.

6
Vendo tão novos primores
para um retrato adorar-vos,
trataram de retratar-vos
estes meus versos pintores:
e metendo já de cores
essas vossas luzes puras
em três métricas pinturas,
ficam de muito emendados
meus versos os retratados,
e não vossas formosuras.

49 [165-167]

Celebra o Poeta o caso, que sucedeu a uma Freira do mesmo convento a quem outras Freiras travessas lhe molharam o toucado, com que pertendia falar a seu amante.

Décimas

1
Pelo toucado clamais,
e em confusão me meteis,
porque se enxuto o quereis,
como sobre ele chorais?
quanto mais suspiros dais,
novos extremos fazendo,
vai vosso dano crescendo,
e é mui mal esperdiçado
sobre a perda do toucado
andar péloras perdendo:

2
Mas um peito lastimado,
que tem em pouco essas sobras,
dirá, pois chora por dobras,
que o deixem chorar dobrado:
ditoso o vosso toucado
nas lágrimas, que chorastes,
pois tão bem desempenhastes
as vezes, que vos ornou,
que se até aqui vos toucou,
de pérolas o toucastes.

3
Porventura, Nise, achais,
que mais bela a touca estava

ao tempo, que vos toucava,
do que agora que a toucais?
não vedes, não reparais,
que aqueles vãos ornamentos
umedecidos, e lentos
de aljôfares derretidos,
o que estão de mui caídos,
isso têm de mais alentos?

4
Chorais com razão tão pouca,
que estão todos murmurando,
que andais as toucas lançando
não mais que por uma touca:
se por Sílvio ides louca,
porque amante vos anele,
e mais por vós se desvele,
vinde à grade destoucada,
e verá, que de empenhada
botais as toucas por ele.

5
Inundais as escarlatas
à guisa da bela aurora,
como se mui novo fora,
que n'água se banhem patas:
se as Professas, ou Donatas,
que as patas vos mergulharam,
tanto a peça celebraram,
zombai das suas invejas,
não se gabem malfazejas,
que de patas vos viraram.

[168]

A Dona Caterina Prelada, que foi no mosteiro de Odivelas, e agora Porteira, pede o Poeta uma grade.

Soneto

Para bem seja à vossa Senhoria
Ser da Chave dourada dessa glória,
Que há de dar-nos sem obra meritória
Por graça só da sua fidalguia.

Se, quando o céu monástico regia,
Deixou de seu juízo tal memória,
Quanto mais, que o reger, dará vanglória
Estar abrindo a glória cada dia.

Qualquer alma, que à glória se avizinha,
Contente aceita, alegre se acomoda
Com toda glória não: c'uma casinha.

Não dê Vossenhoria a glória toda,
Mas bem vê, que à crueldade se encaminha,
Que, sendo Caterina, dê a roda.

[169]

Repetiu o Poeta a mesma rogativa depois de algum tempo.

Soneto

Minha Senhora Dona Caterina,
Posto que montam pouco os meus engodos,
Agora os junto, e os engrazo todos,
Chamando à minha Mãe minha Menina.

Já sabeis, que me faz fome canina
Lise, de cujos agradáveis modos
Não são para servir de seus apodos
Os astros dessa esfera cristalina.

Tratai de me fartar esta vontade
Em uma grade, como em uma boda,
Que é pouco em cada mês uma só grade.

Pois toda a Mãe seus Filhos acomoda,
Adverti, que parece crueldade,
Que sendo Caterina deis a roda.

52 [170]

No dia em que o Poeta emprendeu galantear uma Freira do mesmo convento se lhe pegou o fogo na cama, e indo apagá-lo, queimou uma mão.

Soneto

Ontem a amar-vos me dispus, e logo
Senti dentro de mim tão grande chama,
Que vendo arder-me na amorosa flama,
Tocou Amor na vossa cela o fogo.

Dormindo vós com todo o desafogo
Ao som do repicar saltais da cama,
E vendo arder uma alma, que vos ama,
Movida da piedade, e não do rogo

Fizestes aplicar ao fogo a neve
De uma mão branca, que livrar-se entende
Da chama, de quem foi despojo breve.

Mas ai! que se na neve Amor se acende,
Como de si esquecida a mão se atreve
A apagar, o que Amor na neve incende.

[171]

Queixa-se uma Freira daquela mesma casa de que sendo vista uma vez do Poeta, descuida-se de a tornar a ver.

Soneto

Quem a primeira vez chegou a ver-vos,
Nise, e logo se pôs a contemplar-vos,
Bem merece morrer por conversar-vos,
E não pode viver sem merecer-vos.

Não soube ver-vos bem, nem conhecer-vos
Aquele, que outra vez deseja olhar-vos,
Pois não caiu nos riscos de tratar-vos,
Quem quer, que lhe queirais por já querer-vos.

Essas luzes de amor ricas, e belas
Vê-las basta uma vez, para admirá-las,
Que vê-las outra vez, será ofendê-las.

E se por resumi-las, e contá-las,
Não se podem contar, Nise, as estrelas,
Nem menos à memória encomendá-las.

54 [172]

A uma Freira, que naquela casa se lhe apresentou ricamente vestida, e com um regalo de Martas.

Soneto

De uma rústica pele, que antes dera
A um bruto o monte, fez regalo Armida,
Por ser na fera a gala conhecida,
Como na condição já dantes era.

Menos que Armida já se considera
Ser a fera, pois perde a doce vida
Por Armida cruel: e esta homicida
Por vestir a fereza, despe a fera.

Se era negra, e feroz por natureza,
Com tal mão animada a pele goza
De um cordeirinho a mansidão, e alvura.

Ó que tal é de Armida a mão formosa!
Que faz perder às feras a fereza,
E trocar-se a fealdade em formosura.

[173]

Às Religiosas daquele mesmo convento que em uma festividade, que celebraram, lançaram a voar vários passarinhos.

Décima

Meninas, pois é verdade,
não falando por brinquinhos,
que hoje aos vossos passarinhos
se concede liberdade:
fazei-me nisto a vontade
de um passarinho me dar,
e não o deveis negar,
que espero m'o concedais,
pois é dia, em que deitais
passarinhos a voar.

[174-176]

A Dona Marta de Cristo primeira Abadessa do Desterro galanteia o Poeta obsequiosamente.

Romance

Ilustríssima Abadessa,
generosa Dona Marta,
que inda que nunca vos vi,
vos conheço pela fama.

Um ludíbrio da fortuna,
epílogo de desgraças
se oferece a vossos pés,
para beijar-vos as plantas.

E bem, que a tão breve pé
sobra uma boca tamanha,
que mal me estará fazer-vos
as adorações sobradas.

Que dissera eu, se vos vira
a beleza dessa cara,
dos corações doce enleio,
suave encanto das almas?

Mas já que nunca vos vi,
por não ter dita tão alta,
a informação, que tirei,
para desejar-vos basta.

Vós sois, Senhora Abadessa,
fruto de tão nobre planta,

que se não nascêreis vós,
mal pudera outro imitá-la.

O que vos peço, é querer-vos
ou que me désseis palavra
de consentir, que vos queira,
que é dom, que não custa nada.

Eu sou um conimbricense
nascido nestas montanhas,
e sobre um ovo chocado
entre gemas, e entre clara.

Servi a Amor muitos anos,
e como sempre mal paga,
tenho a alma sabichona
já de muito escarmentada.

Não tenho medo de vós,
que não sois das namoradas,
dadas a mui pertendidas
pelo meio de falsárias.

Sois uma Freira mui linda,
bem nascida, e bem criada,
e o gabo não vos assuste,
que ninguém gorda vos chama.

A este pobre fradulário
dai qualquer favor por carta,
porque no tardar do prêmio
não perigue a esperança.

57 [176-180]

Queixa-se o Poeta das Fundadoras, que vieram de Évora, por não poder conseguir algum galanteio naquela casa, e serem somente admitidos Frades Franciscanos.

Décimas

1
Estamos na cristandade?
Sofrer-se-á isto em Argel,
que um convento tão novel
deixe um leigo por um Frade?
que na roda, ralo, ou grade
Frades de bom, e mau jeito
comam merendas a eito,
e estejam a seu contento
feitos papas do convento,
porque andam c'o papo feito?

2
Se engordar a fradaria
a esta cidade as trouxeram,
melhor fora, que vieram,
sustentar a Infantaria:
que importa, que cada dia
façam obras, casas fundem,
se os Fradinhos as confundem
por modo tão execrando,
que quanto elas vão fundando,
tudo os Frades lhes refundem.

3
Pelo jeito, que isto leva,
cuidam, que em Évora estão,
onde de Inverno, e Verão
se põem os marrões de ceva:
nenhuma jamais se atreva
sob pena de excomunhão
a cevar o seu marrão,
que se em tais calamidades
me asseguram, que são Frades
arto em cevá-los lhe irão.

4
Sirvam-se do secular.
que ali está o garbo, o asseio,
o primor, o galanteio,
a boa graça, o bom ar:
a este lhe hão de falar
à grade, ao pátio, ao terreiro,
que o secular todo é cheiro,
e o Frade a mui limpo ser,
sempre há de vir a feder
ao cepo de um Pasteleiro.

5
Em chegando à grade um Frade
sem mais carinho, nem graça,
o braço logo arregaça,
e o trespassa pela grade:
e é tal a qualidade
de qualquer Frade faminto,
que em um átomo sucinto
se vê a Freira coitada
como um figo apolegada,
e molhada como um pinto.

6
O secular entendido,
encolhido, e mesurado
não pede de envergonhado,
não toma de comedido:
cortesmente de advertido,
e de humilde cortesão
declara a sua afeição,
e como se agravo fora,
chama-lhe sua Senhora,
chama-lhe, e pede perdão.

7
Mas o Frade malcriado,
o vilão, o malhadeiro
nos modos é mui grosseiro,
nos gostos mui depravado:
brama, qual lobo esfaimado,
porque a Freira se destape,
e quer, porque nada escape,
levar logo a cousa ao cabo,
e fede como o diabo
ao budum do trape-zape.

8
Portanto eu vos admoesto,
que o mimo, o regalo, o doce
o secular vo-lo almoce,
que a um Frade basta um cabresto:
toda Freira de bom gesto
se entregue em toda a maneira
a um leigo, que bem lhe queira,
e faltando ao que lhe pedem,
praza a Deus, que se lhe azedem
os doces na cantareira.

58 [180-184]

Repete a queixa increpando as confianças de Frei Tomás d'Apresentação, que se intrometia sofregamente naquela casa, onde o Poeta já tinha entrada com Dona Mariana Freira, que blasonando suas esquivanças lhe havia dito, que se chamava Urtiga.

Décimas

1
Nenhuma Freira me quer
de quantas tem o Desterro,
porque todas são do ferro
de Frei Burro de Almister:
que me dá do seu querer,
se eu também nenhuma quero:
mas o rostinho severo
de Soror Madama Urtiga,
porque me há de dar fadiga,
se tão rendido o venero.

2
Que tem Freirinhas tão belas
c'os pobres dos seculares,
que a todos lançam azares,
e nunca a sorte cai nelas:
deve de vir das estrelas
de algum signo peçonhento,
que abaixo do firmamento,
onde jaz o Escorpião,
lhos influi um Fradalhão,
que lhes domina o convento.

3
Alto: vou-me meter Frade
na ordem de Frei Tomás,
serei perpétuo lambaz
do ralo, da roda, e grade:
mamarei paternidade,
Deo gratias se me dará,
e apenas se me ouvirá
o estrondo do meu tamanco,
quando a Freira sobre o banco
no ralo me aguardará.

4
Daí para a grade iremos,
e apenas terei entrado,
quando o braço arregaçado
aos ofícios nos poremos:
e quando nos não cheguemos
(porque o não consentirá
a grade, que longe está)
o seu, e o meu coração,
porque vá de mão em mão,
irá na barca da pá.

5
Pela pá irá o meu zás,
e o seu pela pá virá,
e à força de tanta pá
viveremos sempre em paz:
serei o maior mangaz,
que passou de leigo a demo,
e a Frade, que é mor extremo,
e será por meu sojorno
a pá para ela de forno,
e pá para mim de remo.

6
Então me virá buscar
a Senhora Dona Urtiga,
Deo gratias, meu Frei Fustiga,
Deo gratias, Sor Rosalgar:
então me hei de pôr a olhar,
e tão grave me hei de pôr,
que quando me diga Amor,
esta é a Freira, que dei,
dir-lhe-ei, já me purguei,
e evacuei esse humor.

7
À fé Soror Mariana,
que tanto me hei de vingar,
que eu mesmo hei de perguntar
pela Freira soberana:
e há de dizer vossa Mana
(digo Soror Florencinha)
Senhor Doutor, esta é minha
Irmã, a quem você quis,
e hei de dizer-lhe, mentis,
que esta é uma coitadinha.

8
Não sabeis, Soror Florença,
não sabeis diferençar
um Frade de um secular?
pois é esta a diferença:
tendo o leigo a capa imensa
como homem racional
nada lhe parece mal,
toda a Freira é uma flor:
mas em sendo Frei Fedor,
a melhor é um cardal.

[184-186]

À Mesma Freira Dona Mariana pelo mesmo caso de se haver apelidado Urtiga.

Quintilhas

1
Como vos hei de abrandar,
se dizeis, que sois Urtiga
salvo se vos açoutar,
porque então heis de ficar
mais branda que uma bexiga.

2
Outro remédio melhor
sei eu para a formosura,
que faz gala do rigor,
e é não a querer, que amor
se vê, que vos faz mais dura.

3
Mas se isto de não querer-vos,
a dureza há de abrandar-vos,
sempre hei de vir a perder-vos,
que o mesmo é morrer de ver-vos,
que morrer de não falar-vos.

4
Com que a cura de meu mal
é amar, calar, sofrer,
que quando o mal é mortal,
se à vida é prejudicial,
será remédio o morrer.

5
Eu morro de vos querer,
e tanto em morrer presisto,
que podereis vos fazer,
que não ficasse malquisto
o venturão de vos ver.

6
Pois sabida a minha morte,
e a sua causa sabida,
fugindo vós de corrida,
todos terão por má sorte
ver-vos, e perder a vida.

7
Mas eu, que do mal de amor
faço tanta estimação,
não hei de queixar-me não
de tão formoso rigor,
nem de tão bela afeição.

8
Antes morte tão luzida
com tal gosto a ela corro,
que temo, minha homicida,
que me torne dar a vida
o prazer, com que me morro.

60 [187]

Queixa-se o Poeta à mesma Freira de suas ingratidões desprimorosas: imitando a Dom Tomás de Noronha em um soneto, que fez à certa Freira, que principia "Soror Dona Bárbara".

Soneto

Senhora Mariana, em que vos pês,
Haveis de me pagar por esta cruz,
Porque nisto de cornos nunca os pus,
E sei, que me pusestes mais de três.

Não sei, quem vos tentou, ou quem vos fez
Cruel, que rigor tanto em vós produz,
Pois convosco não val, e em mim não luz
Fé de Tudesco, e amor de Português.

Se contra vós algum delito fiz,
Que do vosso favor fora me traz,
Vós não podeis ser Parte, e mais Juiz.

Não queirais dar contudo a trasbarrás,
Nem vos façais de mim xarrisbarris,
Que me armeis por diante, e por detrás.

[188]

À Mesma Freira já de todo moderada de seus arrufos e correspondendo amante ao Poeta.

Décima

A bela composição
dos dous nomes, que lograis,
bem explica, o que cifrais
nessa rara perfeição:
porque sendo em conclusão
por Maria Mar, e sendo
Graças por Ana, já entendo,
que quem logra a sorte ufana
de estar vendo a Mariana
um mar de graça está vendo.

[189-192]

À Mesma Freira em ocasião, que o Poeta a ouviu cantar com aquela especial graça que para isso tinha.

Romance

Ó quem de uma Águia elevada
tivera uma pena! eu creio,
que só então com fortuna
descrevera a sol tão belo.

Porém se tenho de Fênix
as penas dentro em meu peito
pelo abrasado, em que vivo
sejam chamas, quanto escrevo.

Mas não: sejam lavaredas
à vista desse luzeiro,
que a vista de sol tão claro
escurece um vivo incêndio.

Contudo se o desafogo
se permite a todo o peito,
por não estalar esta alma,
coração, desabafemos.

Convosco falo, ó Senhora,
de minhas atenções centro,
que a voz de um vale humilhado
também chega ao monte excelso.

Recebi o sacrifício
de um profundo rendimento,

que as Deidades soberanas
aceitam toscos obséquios.

Não culpeis esta ousadia,
nem crimineis tanto excesso
que o destino de alta estrela
me influi um amante excesso.

Vi esse pasmo, que adoro,
ouvi a voz, que venero,
de ver fiquei sem sentido,
e de ouvir sem pensamentos.

Por ouvir fico elevado,
e por ver fico suspenso,
se o ver me prendeu o corpo,
o ouvir a alma me tem preso.

Um pasmo de formosura
do corpo é somente enleio,
e a voz mais doce, e canora
é só d'alma firme emprego.

Mas ser cantora suave,
e ser gentil com portento
é ser labirinto, e pasmo
d'alma, e corpo ao mesmo tempo.

Porém se em laços tão doces
for eterno prisioneiro,
não terão prêmio mais alto
meus firmíssimos intentos.

No nome sois mar de graça,
de prendas sois mar imenso,
não permitais, que naufrague
meu amor sem ter remédio.

Concedei-me um mar bonança,
porto seguro, e sereno,
que a esperança de servir-vos
é âncora de querer-vos.

Na firmeza sou penhasco,
mas pronto a qualquer aceno,
por isso as ondas mais brandas
desse mar serei ligeiro.

O vento do vosso agrado
sopra sobre mim preceitos,
serei baixel, que obediente
voe como um pensamento.

Seguirei o vosso norte,
e por navegar direito,
só esse sol seja o astro,
que eu observe com empenho.

Não haverá tempestade,
por brabo que sopre o vento,
que obrigue a mudar de rumo,
quando em vosso mar navego.

Venham pois de vossas luzes
os mais brilhantes reflexos,
porque possa encher a altura
da viagem dos afetos.

Mandai, que a vossa presença
chegar possa a salvamento,
pois ao mar dessas ternuras
com vento em popa navego.

[193-195]
À Mesma Freira mandando-lhe um presente de doces.

Décimas

1
Um doce, que alimpa a tosse,
cousa muito grande era,
se eu não trocara, e pudera
a doçura pelo doce:
se quisera Amor, que eu fosse
tão digno, e tal me fizera,
que juntos vos merecera
ora o doce, a doçura ora,
maldita a minha alma fora,
se tudo vos não comera.

2
Mas há grande distinção,
e discrímen temerário
entre os doces de um almário,
e as doçuras de uma mão:
e quem é tão sabichão
destro no ré mi fá sol
mal pode errar, em seu prol,
quando sabe, que a doçura
se se come, é por natura,
e os mais doces por bemol.

3
O que enfim venho a dizer,
é, que se à minha ventura

negais comer da doçura,
doces não hei de comer:
não hei de troca fazer,
mais que a palos me moais,
e se comigo apertais,
que os vossos doces almoce,
é fazer-me a boca doce,
quando a mim é por demais.

4
Trocai o doce em favor,
e curai meu mal tão grave
co'aquela ambrosia suave,
com que foi criado o Amor:
o néctar será melhor,
que destilam vossas flores,
que são tão secos favores
são de amor efeitos pecos,
tão mais são amores secos,
como são secos amores.

[195]

Ao Mesmo Assunto.

Soneto

Senhora minha: se de tais clausuras
Tantos doces mandais a uma formiga,
Que esperais vós agora, que vos diga,
Se não forem muchíssimas doçuras.

Eu esperei de amor outras venturas:
Mas ei-lo vai, tudo o que é de amor, obriga,
Ou já seja favor, ou uma figa,
Da vossa mão são tudo ambrosias puras.

O vosso doce a todos diz, comei-me,
De cheiroso, perfeito, e asseado,
E eu por gosto lhe dar, comi, e fartei-me.

Em este se acabando, irá recado,
E se vos parecer glutão, sofrei-me,
Enquanto vos não peço outro bocado.

[196]

À outra Freira que estranhou ao Poeta satirizar ao Padre Dâmaso da Silva, dizendo-lhe que era um clérigo tão benemérito, que já tinha ela emprenhado, e parido dele.

Soneto

Confessa Sor Madama de Jesus,
Que tal ficou de um tal Xesmeninês,
Que indo-se os meses, e chegando o mês,
Parira enfim de um Cônego Abestruz.

Diz, que um Xisgaravis deitara à luz
Morgado de um Presbítero montês,
Cara frisona, garras de Irlandês
Com boca de caqueiro de alcatruz.

Dou, que nascesse o tal Xisgaravis,
Que o parisse uma Freira: vade in paz,
Mas que o gerasse o Senhor Padre! Arroz

Verdade pois o coração me diz,
Que o Filho foi sem dúvida algum trás,
Para as barbas do Pai, onde se pôs.

[197-200]

A uma Freira, que impediu a outra mandar um vermelho ao Poeta de presente, dizendo, que a havia satirizar.

Décimas

1
Ó vós, quem quer que sejais,
que nem o nome vos sei,
Freira, a quem nunca falei,
e tão mal de mim falais:
porque à fome me matais,
sem vos dar motivo algum?
pois querendo mandar-me um
vermelho uma Freira guapa,
vós me destes sem ser paga
esse dia de jejum.

2
Não quisestes porfiosa,
que se me mandasse o peixe,
formando para isso um feixe
de razões de bem má prosa:
a Freirinha era medrosa,
e vós, que o peixe intentastes
livrar de tantos contrastes,
de sátiro me arguistes,
e satírica não vistes,
que então me satirizastes.

3
Sendo o conselho tão tosco,
tão bem a Freira o tomou,

que o peixe me não mandou,
por não se espinhar convosco:
mas vós que tendes conosco,
comigo, e minha Talia?
e se o peixe vos doía,
em que eu agora me escaldo,
se o fazíeis pelo caldo,
o caldo eu vo-lo daria.

4
Ó: faz a um cuspir no chão
uma sátira o Doutor:
satiriza um Pica-flor,
quanto mais a um peixarrão:
homem de tal condição
não se lhe dá de comer,
e tem pouco que entender,
que o Doutor já fraco, e velho
se há de comer o vermelho
por força o há de morder.

5
Pois destes tão mal conselho,
rogo ao demo, que vos tome,
por deixar morrer à fome
um pobre faminto velho:
rogo ao demo, que ao seu relho
vos prenda com força tanta,
que nunca arredeis a planta,
e que a espinha muita, ou pouca,
que me tirastes da boca,
se vos crave na garganta.

6
Assim como isto é verdade,
que pelo vosso conselho

perdi eu o meu vermelho,
percai vós a virgindade:
que vo-la arrebate um frade;
mas isto que praga é?
praza ao demo, que um cobé
vos plante tal mangará,
que parais um Paiaiá,
mais negro do que um Guiné.

67 [200]

À outra Freira da mesma casa, que satirizando a delgada fisionomia do Poeta lhe chamou Pica-flor.

Décima

Se Pica-flor me chamais,
Pica-flor aceito ser,
mas resta agora saber,
se no nome, que me dais,
meteis a flor, que guardais
no passarinho melhor!
se me dais este favor,
sendo só de mim o Pica,
e o mais vosso, claro fica,
que fico então Pica-flor.

[201-203]

A certa Freira deste mesmo convento que em dia de todos os santos mandou a seu amante graciosamente por Pão de Deus um cará.

Décimas

1
No dia, em que a Igreja dá
pão por Deus à cristandade,
tenho por má caridade
dares vós, Freira, um cará:
se foi remoque, oxalá,
que vos dëm a mesma esmola,
que não há mulher tão tola,
que por mais honesta, e grave,
não queira levar o cabe,
se pôs descoberta a bola.

2
Descobristes a intenção,
e o desejo revelastes,
quando o cará encaixastes,
a quem vos pedia o pão:
como quem diz: meu Irmão,
se quem toma, se obrigou
a pagar, o que tomou,
vós obrigado a pagar-me,
ficais ensinado a dar-me
o cará, que vos eu dou.

3
Levado desta sequela
promete o mancebo já

de dar-vos o seu cará,
porque fique ela por ela:
se consiste a vossa estrela
em dar, o que heis de tomar,
cará não há de faltar,
porque o Moço não repara
em levar a cópia, para
o original vos tornar.

4
Se assim for, que assim será,
fareis um negócio raro,
porque um cará não é caro
se por um outro se dá:
e pois o quer pagar já
sem detença, e com cuidado,
se o quereis ver bem pagado,
há de ser com tal partido,
que por um cará cozido
leveis o meu, que anda assado.

5
Vós pois me haveis de dizer
(assentado este negócio)
se quereis fazer socrócio,
porque comigo há de ser:
de carás heis de cozer
uma boa caldeirada,
e de toda esta tachada
tal conserva heis de tomar,
que vos venhais a pagar
do cará co'a caralhada.

[204-207]
À outra Freira que mandou ao Poeta um chouriço de sangue.

Décimas

1
Conta-se pelos corrilhos
que o Pelicano às titelas
sustenta como morcelas
a puro sangue a seus filhos:
vós, Dona Fábia Carrilhos,
se bem cuido, e não me engano,
deveis de ser Pelicano,
que enchestes este chouriço
com o sangue alagadiço
desse pássaro magano.

2
Com que este chouriço gordo,
tão gordo, e especiado
um filho vosso é criado
c'o sangue do vosso tordo:
porém tomou mau acordo,
quem quer que o empapelou,
e a dar-mo vos obrigou,
pois não tem caminho enfim,
mandares-me o filho a mim,
que outro Pai vos encaixou.

3
O que me dita o toutiço,
é, que o paio se mediu,

e por onde este saiu,
pode entrar qualquer chouriço:
direis, que vos não dá disso,
e eu creio, se vos não dá,
mas alguém vo-lo dará,
e que fora o meu quisera,
porque se fartara, e enchera
do sangue, que vai por lá.

4
Comi o chouriço cozido
com sossego, e sem empenho,
porque outro chouriço tenho
para pagar o comido:
vós tendes melhor partido,
mais liberal, e mais franco,
pois como em real estanco
tal seguro vos prometo,
que por um chouriço preto
heis de levar o meu branco.

5
Sobre vos aventejar
nas cores desta trocada,
vós destes-me uma talhada,
e eu todo vo-lo hei de dar:
se cuidais de m'o cortar,
ele é duro de maneira
que a faca mais cortadeira
não fará cousa, que importa,
que o meu chouriço o não corta,
salvo um remoque de Freira.

6
Eu o dou por bem cortado
deste primeiro remoque,

que ao vosso mais leve toque
fique de todo esgotado:
então o vosso cuidado
vendo, que tanto me emborco,
e inda assim vos não emporco,
terá por cousa do Olimpo,
que a tripa de um homem limpo
se dê por tripa de porco.

7
Muito me soube a talhada
do chouriço inda que preto,
e a ser todo vos prometo,
que a cea fora dobrada:
mas fora mais acertada
cousa, e de menos trabalho
que dando-vos nisto um talho,
uma linguiça vos cangue,
que o chouriço coalha o sangue,
e a linguiça leva o alho.

8
Eu sou tão bom conselheiro,
que heis de escolher, o que digo,
porque quem fala comigo,
escolhe em um tabuleiro:
se vos for mais lisonjeiro
o chouriço, que a linguiça,
dou gosto, e faço justiça:
mas bem sabe, quem se abrocha,
que o chouriço a boca atocha,
e a linguiça o fogo atiça.

70 [208-214]

A umas Freiras que mandaram perguntar por ociosidade ao Poeta a definição do Príapo e ele lhes mandou definido, e explicado nestas

Décimas

1
Ei-lo vai desenfreado,
que quebrou na briga o freio,
todo vai de sangue cheio,
todo vai ensanguentado:
meteu-se na briga armado,
como quem nada recea
foi dar um golpe na vea,
deu outro também em si,
bem merece estar assi,
quem se mete em casa alheia.

2
Inda que pareça nova,
Senhora, a comparação,
é semelhante ao Furão,
que entra sem temer a cova:
quer faça calma, quer chova,
nunca recea as estradas,
mas antes se estão tapadas,
para as poder penetrar,
começa de pelejar
como porco às focinhadas.

3
Este lampreão com talo,
que tudo come sem nojo,
tem pesos como relojo,
também serve de badalo:
tem freio como cavalo,
e como frade capelo,
é cousa engraçada vê-lo
ora curto, ora comprido,
anda de peles vestido
curtidas já sem cabelo.

4
Quem seu preço não entende,
não dará por ele nada,
é como cobra enroscada,
que em aquecendo se estende:
é círio, quando se acende,
é relógio, que não mente,
é pepino de semente,
tem cano como funil,
é pau para tamboril,
bate os couros lindamente.

5
É grande mergulhador,
e jamais perdeu o nado,
antes quando mergulhado
sente então gosto maior:
traz cascavéis como Assor,
e como tal se mantém
de carne crua também,
e estando sempre a comer,
ninguém lhe ouvirá dizer,
esta carne falta tem.

6
Se se agasta, quebra as trelas
como leão assanhado,
tendo um só olho, e vazado,
tudo acerta às palpadelas:
amassa tendo gamelas
doze vezes sem cansar,
e traz já para amassar
as costas tão bem dispostas,
que traz envolto nas costas
fermento de levedar.

7
Tanto tem de mais valia,
quanto tem de teso, e relho,
é semelhante ao coelho,
que somente em cova cria:
quer de noite, quer de dia
se tem pasto, sempre come,
o comer lhe acende a fome,
mas às vezes de cansado
de prazer inteiriçado
dentro em si se esconde, e some.

8
Está sempre soluçando
como triste solitário,
mas se avista seu contrário,
fica como o barco arfando:
quer fique duro, quer brando,
tem tal natureza, e casta,
que no instante, em que se agasta,
(qual Galgo, que a Lebre vê)
dá com tanta força, que,
os que tem presos, arrasta.

9
Tem uma contínua fome,
e sempre para comer
está pronto, e é de crer,
que em qualquer das horas come:
traz por geração seu nome,
que por fim hei de explicar,
e também posso afirmar,
que sendo tão esfaimado,
dá leite como um danado,
a quem o quer ordenhar.

10
É da condição do Ouriço,
que quando lhe tocam, se arma,
ergue-se em tocando alarma,
como cavalo castiço:
é mais longo, que roliço,
de condição mui travessa,
direi, porque não me esqueça,
que é criado nas cavernas,
e que somente entre as pernas
gosta de ter a cabeça.

11
É bem feito pelas costas,
que parece uma banana,
com que as mulheres engana
trazendo-as bem descompostas:
nem boas, nem más respostas
lhe ouviram dizer jamais,
porém causa efeitos tais,
que quem exprimenta, os sabe,
quando na língua não cabe
a conta dos seus sinais.

12
É pincel, que cem mil vezes
mais que os outros pincéis val,
porque dura sempre a cal,
com que caia, nove meses:
este faz haver Meneses,
Almadas, e Vasconcelos,
Rochas, Farias, e Telos,
Coelhos, Britos, Pereiras,
Sousas, e Castros, e Meiras,
Lancastros, Coutinhos, Melos.

13
Este, Senhora, a quem sigo,
de tão raras condições,
é caralho de culhões
das mulheres muito amigo:
se o tomais na mão, vos digo,
que haveis de achá-lo sisudo,
mas sorumbático, e mudo,
sem que vos diga, o que quer,
vos haveis de oferecer
a seu serviço contudo.

DESCRIÇÕES

71 [215-224]
Descreve o Poeta uma jornada, que fez ao Rio Vermelho com uns amigos, e todos os acontecimentos.

Décimas

1
Amanheceu finalmente
o Domingo da jornada
co'a mais feia madrugada,
que viu nunca o Oriente:
bufava o Sul de valente,
de soberbo o mar roncava,
ninguém a briga apartava,
e eu perplexo, mudo, e quedo
entre valor, e entre medo
en salgo, y no salgo estava.

2
Resolvi-me, e levantei-me,
posto que o quente da cama
com Gonçalo, e com sua ama
dizendo estava, comei-me:
vesti-me, e aderecei-me:
batem os pais de ganhar,
mandei-lhes abrir, e entrar;
estava a rede à parede,
e em pondo o vulto na rede,
comecei de caminhar.

3
Cheguei a São Pedro, e em vão
busquei os mais companheiros,
que devendo ir os primeiros,
não tinham ido até então:
entrei na imaginação
de se acaso me enganassem,
e acaso as bestas faltassem,
que havia eu de fazer,
e foi fácil resolver,
que por bestas lá ficassem.

4
Assim o cri, e era assim,
pois o pouco espaço andado
veio o Jardim esbofado
mais rosado, que um jardim:
não vem mais outro rocim?
lhe perguntei com desdém:
ele respondeu, não vem;
estive aguando os canteiros,
e não acho os companheiros,
pois não me cheira isto bem.

5
Isto dito, assoma o Freitas,
e eu disse entre duvidoso,
o Gil é-me belicoso
mas tem cara de maleitas:
chegou, e as minhas suspeitas
veio tanto a confirmar,
que disse, que o seu tardar
fora causado, e nascido
de o rocim lhe haver fugido,
indo ao Tororó parar.

6
Quem deu tão ruim conselho
(disse eu) a esse catrapó,
pois quer ir ao Tororó,
antes que ao Rio Vermelho?
mas um cavalo tão velho,
que já por cerrado perde,
que muito, que se deserde
do vermelho, e seus primores,
se deixa todas as cores
um cavalo pelo verde.

7
Que é do Gil? não aparece.
E o Guedes? fica sem besta.
Eia pois, vamo-nos desta,
que o sol trepa, e a calma cresce;
quem não aparece, esquece;
vamo-nos sem conclusão;
com que eu na rede um cação,
e os dous nas duas cavalas
fazíamos duas alas,
e as alas meio esquadrão.

8
Assim fomos caminhando
sobre os dous cavalos áscuas
alegres como umas páscoas,
ora rindo, ora zombando:
eu que estava perguntando
pela viola, ou rabil,
quando ouvimos bradar Gil,
que recostado à guitarra
garganteava a bandarra
letrilhas de mil em mil.

9
Olá, ou! chegue o Tudesco:
e já ele entre nós vinha
posto sobre uma tainha,
feito Arião ao burlesco:
riu-se bem, falou-se fresco,
e eu da viola empossado
cantava como um quebrado,
tangia como um crioulo,
conversava como um tolo,
e ria como um danado.

10
Apertamos logo o trote,
e em breve fomos chegados,
onde éramos esperados
pelo ilustre Dom Mingote:
ali o nosso sacerdote,
vendo a nova arquitetura
da casa da Virgem pura,
se apeou por venerá-la,
os mais puseram-se em ala,
passei eu, e houve mesura.

11
Tornamos a cavalgar,
e vendo tão pouco siso,
tomou o dia tal riso,
que se pôs a escangalhar:
parou tudo em chuviscar,
e os malditos cavaleiros
picaram tanto os sendeiros,
que eu mesmo não entendia,
que sendo cavalaria,
fugissem como piqueiros.

12
Eu fiquei com minha mágoa
solitário, e abrasado,
dando-me pouco cuidado,
que a rede nadasse em água:
por seu ofício se enxágua
toda a rede n'água clara,
e se esta se não molhara,
com abalo, ou sem abalo
nem eu vira o São Gonçalo,
nem também jantar pescara.

13
Orvalhado um tanto, ou quanto
o santo me agasalhou,
e logo a chuva passou,
que foi milagre do santo:
tratava-se no entretanto
da missa, e estando esperando,
ali vieram chegando
duas belezas ranhosas,
sempre à vista bexigosas,
e feias de quando em quando.

14
Para a missa do Santinho
mui pouco vinho se achou,
e ele fez, que inda sobrou,
porque é milagroso em vinho:
tomamos dali o caminho
para o porto das jangadas
ver as casas afamadas
do nosso Domingos Borges,
que sem levarmos alforjes
nos pôs as pancas inchadas.

15
O Gil, que é tão folgazão
se foi ao pasto folgar,
e se outra cousa há de achar,
achou um camaleão:
lançou-lhe intrépido a mão,
e com pulsos tão violentos
cortou ao bruto os alentos,
que depondo o bruto a ira
disse, que depois o vira,
pelo Gil bebia os ventos.

16
Deu-nos gosto, e prazer arto
um caçador tão gentil,
porque vimos, que era o Gil
mais lagarto, que o lagarto:
e assim como estava farto
de vento o camaleão,
Gil assim de presunção
tão inchado estava, e duro,
que foi força dar-lhe um furo
para ter evacuação.

17
Sopas de leite almoçamos,
e logo o Guedes chegou,
que nem pão, nem leite achou,
e achou, que o apregoamos:
mas todos depois jantamos
uma olha imperial,
e houve repolho fatal
ensopado, e não de azeite
com pratos de arroz de leite,
e vontade garrafal.

18
Já levantados da mesa
se quis cantar, senão quando
a pança me estava impando
a goela entupida, e presa:
eu tenho esta natureza,
que depois de manducar
não me é possível piar:
será, porque certamente
pança farta, e pé dormente,
como é adágio vulgar.

19
Sesteamos no areal
onde o mar por mazumbaia
refrescando estava a praia
com borrifos de cristal:
a onda piramidal,
que nos ares se desata,
descaindo em grãos de nata
pedia por bom conselho,
que em vez de Rio Vermelho
lhe chamem Rio da Prata.

20
O Sol vinha já descendo
por graus, ou degraus do Céu,
e a todos nos pareceu
o irmo-nos acolhendo:
foram-se os rocins prendendo,
e selados, e enfreados,
allons dissemos a brados
já postos nos cavalinhos,
e alvoroçando os caminhos
chegando, fomos chegados.

[225-228]

Segunda função que teve com alguns sujeitos na roça de um amigo junto ao Dique, onde também se achou o celebrado Alferes Temudo, e seu Irmão o Doutor Pedro de Matos, que então andava molesto de sarnas.

Décimas

1
Fez-se a segunda jornada
da comédia, ou comedia,
que inda nos deu melhor dia,
do que a jornada passada:
vimos a mesma selada,
e de vinho a mesma cópia,
de ovos maior cornucópia
que a de Almatea florida,
e sendo a mesma comida,
contudo não era a própria.

2
Já Pedro esperava adrede
da culatra tão sarnento,
que em balançando-se ao vento
era um cação em rede:
versos a matéria pede,
me disse a sua lazéria,
e se os faço com miséria,
não se espante, quem os lê,
de que tanta sarna dê,
(se é podre) tanta matéria.

3
Cantou-se galhardamente
tais solos, que eu disse, ó
que canta o pássaro só,
e os mais gritam na semente:
tocou-se um som excelente,
que Arromba lhe vi chamar,
saiu Temudo a bailar,
e Pedro, que é folgazão
bailou com pé, e com mão,
e o cu sempre n'um lugar.

4
Pasmei eu da habilidade
tão nova, e tão elegante,
porque o cu sempre é dançante
nos bailes desta cidade:
mas em tal calamidade
tinha Pedro o cu sarnudo,
que dando de olho ao Temudo
disse pelo socarrão,
assim tivera o cu são,
como tenho o cu sisudo.

5
Pôs-se a mesa, e escabelos,
foram seguindo-se os pratos,
que eram tanto à vista gratos,
como ao gasnate eram belos:
Pedro se pôs a lambê-los,
e dando-se a Berzabu
de não beber com Jelu
o licor, que o entorpeça,
porque o que dá na cabeça,
temeu, lhe desse no cu.

6
Não quis o cu inflamar,
por isso bebeu só água,
do que nós com grande mágoa
nos pusemos a chorar:
este fim teve um folgar
de tanto gosto, e alinho,
de que eu colho, e esquadrinho
a exemplo da vida breve,
que quem rindo o vinho bebe,
chorando desbebe o vinho.

73 [228-236]

Descreve a caçada que fizeram com ele seus amigos na Vila de São Francisco a uma porca rebelde.

Décimas

1
Amanheceu quarta-feira
com face serena, airosa
o famoso André Barbosa
honra da nossa fileira:
por uma, e outra ladeira
desde a marinha até a praça
nos bateu com tanta graça,
que com razões admirandas
nos tirou dentre as holandas
para levar-nos à caça.

2
O lindo Afonso Barbosa,
que dos nobres Francas é,
por Filho do dito André
rama ilustre, e generosa:
já da campanha frondosa
os matos mais escondidos
alvoroçava a latidos,
quando nós de mal armados
à vista dele assentados
nos vimos todos corridos.

3
Rasgou um porco da serra,
e foi tal a confusão,
que em sua comparação
menino de mama é a guerra:
depois de correr a terra,
e de ter os cães cansados
com passos desalentados
à nossa estância vieram,
onde casos sucederam
jamais vistos, nem contados.

4
Estava eu de uma grimpa
vendo a caça por extenso,
não a fez limpa Lourenço,
e só a porca a fez limpa:
porque como tudo alimpa
de cães, e toda a mais gente,
Lourenço intrepidamente
se pôs, e ao primeiro emborco
mão por mão aos pés do porco
veio a cair sujamente.

5
Tanto que a fera investiu,
tentado de valentão
armou-se-lhe a tentação,
e na tentação caiu:
a espada também se viu
cair na estrada, ou na rua,
e foi sentença comua,
que nesta tragédia rara
a espada se envergonhara
de ver-se entre os homens nua.

6
Lourenço ficou mamado,
e inda não tem decidido
se está peior por ferido
da porca, se por beijado:
má porca te beije – é fado
muito mau de se passar,
e quem tal lhe foi rogar,
foi com traça tão sutil,
que a porca entre Adônis mil
só Lourenço quis beijar.

7
Lourenço, na terra jaz,
e conhecendo o perigo
deu à porca mão de amigo,
com quem se punha em paz:
a porca, que é contumaz,
e estava enfadada dele,
nenhuma paz quis com ele,
mas botando-lhe uma ronca
por milagre o não destronca,
e inda assim chegou-lhe à pele.

8
Ia Inácio na quadrilha,
e tão de Adônis blasona,
que diz, que a porca fanchona
o investiu pela barguilha:
virou-lhe de sorte a quilha,
que cuidei, que o naufragava:
porém tantos gritos dava,
que infeliz piloto em charco
a vara botava o barco,
quando o porco a lanceava.

9
Inácio nestes baldões
teve tanto medo, e tal,
que aos narizes deu sinal
do mau cheiro dos calções:
trouxe na meia uns pontões
tão grandes, e em tal maneira,
que à guerra hão de ir por bandeira,
onde por armas lhe dão
em escudo lamarão
uma porca costureira.

10
Miguel de Oliveira ia
com dianteira alentada,
de porcos era a caçada,
e o que fez, foi porcaria:
quando o bruto o investia,
ele com pé diligente
se afastava incontinenti,
com que o julgas desta vez
por mui ligeiro de pés,
e de mãos por mui prudente.

11
Pissarro sobre um penedo
vendo a batalha bizarra
era Pissarro em piçarra,
que val medo sobre medo:
nunca vi homem tão quedo
em batalha tão campal;
porém como é figadal
amigo, hei de desculpá-lo,
com que nunca fez abalo
do seu posto um General.

12
Frei Manuel me espantou,
que o demo o ia tentando,
mas vi, que a espada tomando
logo se desatentou:
incontinenti a largou,
porque soube ponderar,
que ficava irregular
matando o animal na tola,
de que só o Mestre-Escola
o podia dispensar.

13
O Vigário se houve aqui
c'uma tramoia aparente,
pois fingiu ter dor de dente,
temendo os do Javali:
porém folga, zomba, e ri
ouvindo o sucesso raro,
e dando-lhe um quarto em claro
os amigos confidentes,
à fé, que teve ele dentes
para comer do Javaro.

14
Cosme de Moura esta vez
botou as chinelas fora,
como se ver a Deus fora
sobre a sarça de Moisés:
tudo viu, e nada fez,
tudo conta, e escarnece,
com que mais o prazer cresce,
quando o remedo interpreta
Lourenço, a quem fez Poeta
um amor, que o endoudece.

15
O Silvestre neste dia
ficou metido n'um nicho,
porque como a porca é bicho,
cuidou, que sapo seria:
mas agora quando ouvia
o desar dos derrubados,
mostrava os bofes lavados
de puras risadas morto,
porque sempre vi, que um torto
gosta de ver corcovados.

16
Bento, que tudo derriba,
qual valentão sem receio,
pondo agora o mar em meio,
fugiu para a Cajaíba:
não quis arriscar a giba
nos afilados colmilhos
de Javaros tão novilhos,
e se o deixa de fazer,
por ter filhos, e mulher,
que mau é dar caça aos filhos?

17
Eu, e o Morais as corridas
por outra via tomamos,
e quando ao porco chegamos,
foi ao atar das feridas:
co'as mentiras referidas
de uma, e outra arma donzela
se nos deu a taramela:
nós calando, só dissemos,
se em taverna não bebemos,
ao menos folgamos nela.

74 [236-242]

Descreve o perigo em que o pôs na Ilha da Madre de Deus uma vaca furiosa chamada Camisa, indo divertir-se ao campo com um Irmão do Vigário.

Décimas

1
Tem Lourenço boa ataca,
fomos tourear ao pasto,
e depois de tanto gasto
o tourinho era uma vaca:
Lourenço na sombra opaca
de um pé de limões grosseiro,
eis a vaca pelo cheiro
deu com ele, e de então
por não morrer na prisão
arrombou o Limoeiro.

2
Tomou da praia o retorno,
porque o morrer melhor é
na reponta da maré,
do que na ponta de um corno:
eu com notável sojorno
n'uma capoeira estava,
vendo, em que o caso parava,
e a vaca com seu focinho
me tratou como a ratinho,
pois qual gato me miava.

3
Temi logo a malquerença
da vaca tão marralheira,
e o medo me deu em reira,
que é melhor do que em corrença:
rompi pela mata densa,
e dei com meu envoltório
de um vale no território,
tomando por meu sossego,
não las de Villa Diego,
mas as de Villa Gregório.

4
Subi n'um monte comprido,
que do vale é Polifemo,
que quando uma vaca temo,
subo mais do que um valido:
vim à casa espavorido,
achei Lourenço pasmado,
mudo, e desassisado,
e eu disse: se escapo, vaya,
que quem fugiu pela praia,
força é, que esteja areado.

5
Deu-se-nos grande matraca,
e com ser dia de peixe,
sem que a consciência se queixe,
todos gostamos da vaca:
o Padre aguçou a faca,
e afeiçoou um bordão,
e tais ralhos disse então,
que me convidou enfim
para diante de mim
dar na vaca um bofetão.

6
Mas eu não tornei ao mato,
e ao Padre, que me chamava,
respondi, que não gostava
de vaca, senão no prato:
e terei por insensato,
a quem com pau, ou com faca,
brigar com rês tão velhaca
a quem razão não convence,
nem terá prêmio, quem vence
um touro, se o touro é vaca.

7
O Custódio, que é prudente,
pacífico, e sossegado,
topou na costa c'o gado,
e entre ele a vaca nocente:
e em se pondo frente a frente
a vaquinha, que o aguarda,
e em dar carreiras não tarda,
disparou como uma seta,
com que lhe deu a vaqueta
mais susto, que uma espingarda.

8
Tomou o monte de um pulo,
e deu consigo no vale,
sem dar jeito, a que o iguale
a ligeireza de um mulo:
mas o meu Mestiço fulo
o emparelhou no correr,
donde veio a suceder,
que Custódio um pé retroce,
sendo pé, que se não troce,
quando o dono o há mister.

9
A vaca é terror da aldeia,
pois faz armada de sanha
praça de armas a montanha,
e a praça veiga de areia:
todo o mundo se recea
de inimiga tão comua,
porque armada a meia-lua
parece pelo cruel
talvez Fatimá de Argel,
talvez de Salé Gazua.

10
Não vi vaca tão ousada
de mais brio, e fantesia,
pois traz toda a freguesia
corrida, e envergonhada:
murmura a gente pasmada,
que uma vaca parideira
nos pusesse em tal fraqueira,
e eu tal medo lhe concebo,
que, quando o leite lhe bebo,
me dá logo em caganeira.

11
Senhor Estêvão, que é dono
da rês, que o branco divisa,
já que lhe deu a camisa,
faça-a mansa como um sono:
e se não em alto tono,
quando a vaca se remangue,
direi morto ao pé de um mangue,
que se trata de a manter
para o leite lhe beber,
isso é beber-nos o sangue.

12
O Senhor Domingos Borges,
que é sujeito de feição,
se resistir seu Irmão,
responda-lhe logo: alforjes:
e tu, vaca, não me forjes
outra traição mais precisa,
a passada passe em risa,
mas se vens n'outra ocasião
a furar-me o casacão,
hei de rasgar-te a camisa.

[242-245]

Descreve o divertimento que teve com alguns amigos indo aos cajus.

Romance

Valha o diabo os cajus,
que a todos tem degradado,
uns vão caminho das ilhas,
outros caminho dos campos.

Assim me coube por sorte
ir um dia degradado
para a de Jorge de Sá,
que é ilha dos meus pecados.

Saímos com vento em popa,
mas no mais triste pangaio,
que nasceu de embarcações,
de que foi Eva a Nau Argos.

Desembarcamos em terra,
e querendo registar-nos
com nossas cartas de guia,
que nos deu o saibam quantos.

Achamos deserta a ilha
sem câmara, nem senado,
que os cajus são restringentes,
não houve câmara este ano.

Tornamo-nos a embarcar
no mesmo triste pangaio

em demanda de outra ilha,
em que o degredo compramos.

Não pudemos tomar terra
porque era o vento contrário,
assoprava pelo olho,
e era o tal olho o do rabo.

Porque vento tão maldito,
e tão despropositado
só por tal olho saíra,
para nos ir espeidando.

Tomamos porto na pátria
depois de tantos trabalhos,
fomes, que em terra curtimos,
sustos, que no mar tragamos.

Fomos mui bem recebidos,
porque o passado passado,
e sobre os cargos da culpa
nos deram logo outros cargos.

Todos saímos com vara,
como meirinhos do campo
sobre os pobres dos cajus
prendendo, e executando.

Indo a eles uma tarde,
prendemos quase um balaio,
outros deixamos pendentes,
que é o mesmo, que enforcados.

Os maduros se prenderam,
que era a ordem, que levamos,

mas os verdes se enforcaram,
por serem cajus velhacos.

O Meirinho-mor do Reino,
que é Custódio Nunes Daltro,
não larga a vara, e os cajus
andam como homiziados.

Tem uns alcaides pequenos,
que andam correndo esse campo,
e vão ligeiros de pé
por vir pesados de papo.

Este castigo merece
Cururupeba afamado,
porque os engenhos não moem,
e o rio é, quem paga o pato.

Em se acabando os cajus,
as varas vão c'o diabo,
salvo formos meirinhar
aos airus por esses campos.

[245-249]

Descreve a viagem, que intitulou dos Argonautas da Cajaíba para a Ilha de Gonçalo Dias, onde com seus amigos ia divertir-se.

Romance

Era a Dominga primeira
desta quaresma presente,
já eu estava na praia,
seriam seis para as sete.

Estava o dia formoso
por ser hora, em que se veste
a esfera de azul, e ouro
com seus renglaves de neve.

A aurora teve bom parto,
pois botou em tempo breve
um menino como um sol
para alegria das gentes.

Gritei eu: ah Sor Gregório,
ah Sor Gregório desperte;
ele desperto gritou,
aqui estou, e Sor Silvestre.

Só falta o Pissarro moço:
já foi chamá-lo o moleque,
e em se juntando conosco
estamos prestes, e lestes.

Toda a noite não dormi
com pensamento no beque,

que há de levar-nos à ilha,
onde façamos um frete.

Não tem, que me despertar,
que eu escuso, me despertem,
porque para esta viagem
estive de acordo sempre.

Os três à praia chegaram,
e eu no bergantim co'a gente
mandei embarcar a todos
um por um, ele por ele.

Botamos a Nau ao mar
um bergantim excelente
nos nossos mares nascido
obra do estrangeiro mestre.

O alforje lá me esquecia,
disse eu, e a vocês lhe esquece:
mandei logo um negro à casa,
que fosse n'um pé, e viesse:

Veio logo carregado
o negro como uma serpe
de bananas, e farinha,
e al não disse o tal negrete.

Fomos, e dobrando o mangue
encontramos um banquete,
em que vem Miguel Ferreira
cercado de muita gente.

Allons, allons, lhe dissemos,
e ele nos disse: salvete,

trespassamos o saveiro,
que ia então vendendo azeite.

Fomos à costa correndo,
e ajudados da corrente
de Chico o porto tomamos,
que estava manso, e alegre.

Tocou-se logo a trombeta,
que um búzio era potente,
em sinal de haver chegado
a capitânia do Ostende.

Deu-nos uns poucos de apupos,
e vendo, que Chico desce,
embarcou-se, e socorreu-nos
com China, e melado quente.

Fomos seguindo a viagem
tão folgazões, tão alegres,
que até as duas guitarras
iam folgando de ver-se.

Assim chegamos à Ilha,
e sobre areias de neve
dezoito chancas saltavam,
com que a Ilha se estremece.

Perguntei por Esperança,
e soube, que estava ausente,
Chico, que entonces servia
de guia dos nossos fretes.

Quis-me eu então repelar,
tendo pouco, que repele,

disse mal da minha vida,
de mim mesmo maldizente.

Corremos a Ilha toda,
por sinal, que o bom Silvestre
fez um letreiro na areia,
cuja letra isto refere.

"O Senhor da Ilha é um Asno"
e foi disto tão contente,
como se no tal letreiro
uma asneira não fizesse.

Nós lhe estranhamos a asneira,
e ele arreganhando os dentes,
a celebrou como sua,
por não ter, quem a celebre.

Achamos uma Mulata,
que estava ali n'um casebre,
que eu não fretei, por ser Nau
já carregada por prenhe.

Tornamo-nos a embarcar
algum tanto descontentes,
porque em toda a Ilha achamos
dois maracujás somente.

77 [250-255]

Descreve estando na Cajaíba uma cavalhada burlesca, que ali fizeram pelo Natal uns folgazões.

Décimas

1
Veio a Páscoa do Natal,
primeira, e segunda oitava,
quando Araújo assentava,
uma festa garrafal:
mas a Cajaíba é tal,
e este monte tão mesquinho,
que para um festim de alinho
veio Araújo famoso,
Paulinho com João Cardoso,
Carvalho, e Falcão Marinho.

2
Só cinco em cinco rocins
foi visto, que em meu sentido
para o pasto andar corrido
poucos bastam, se são ruins:
mas não faltaram malsins,
entre os quais foi mui notado
este número apoucado:
e eu tive os homens por loucos,
pois bons são cavalos poucos
para o pasto andar folgado.

3
O Araújo coitado,
para que nada lhe sobre,
andou sem freio, que ao pobre
sempre lhe falta o bocado:
mas por isso aventejado
andou à outra parelha,
e luziu a sela velha
mais que aos mais arnês brilhante,
que Araújo é rocinante,
que val muito pela ovelha.

4
João Cardoso à mourisca
pela encolhida perneta,
tanto mais lustra a gineta,
quanto mais nela se arrisca:
e bem que de todos trisca,
porque com juízo, e brio
nunca paga de vazio
os altos, na refestela
pagou de vazio a sela
três vezes, ou quatro a fio.

5
Paulinho não há alcançá-lo:
era da festa o enigma,
e alguém a dizer se anima,
que indo em mula, ia a cavalo:
deu-lhe tão pequeno abalo
o festim burlesco, e rude,
que nunca obrigá-lo pude
a fazer largas entradas,
porque em verdes laranjadas
era o Juiz da saúde.

6
O meu cavaleiro foi
(por me dar maior regalo)
Carvalho, que ia a cavalo,
e dava passos de boi:
mui prenhado "yo no voy,
estos me llevan" dizia;
tão pouco, e tão mal corria,
que nem ele se correu,
nem o pasto floresceu,
mas sem florescer se ria.

7
O Marinho andou galhardo,
tal, que teve desta vez
o pasto por Aranguês,
que quer sempre o dia pardo:
como é Marinho bastardo,
desprezou seu coração
gineta, e bastarda então:
mas em osso o coitadinho
nadava como um Marinho,
voava como um Falcão.

8
Nas laranjadas folgou-se
muito bem no meu sentir,
ia Araújo a cair,
e por não cair, deitou-se:
caiu, porém levantou-se
bizarro, e mui animoso,
para que o povo invejoso
veja em seu mesmo rencor,
que se caiu pecador
se levantou virtuoso.

9
João Cardoso não quis
crer, que fora a queda leve,
e dando uma volta breve,
a foi medir c'o nariz:
achou, que, o que se lhe diz,
era mentira esbrugada,
porque de uma laranjada
quem vai desde a sela ao chão,
achou pela medição,
que era a queda mui pesada.

10
Bem do Marinho se riu,
quando fez co'a terra escambos,
porém sendo a terra d'ambos,
o Marinho não caiu:
o rocinante, que viu
com as costelas quebradas
Araújo às laranjadas,
rindo não se pôde ter,
e assim em vez de correr
se espojou em carcajadas.

11
Inácio não me lembrou,
que branco do sobressalto
antes que entrasse no assalto
coitadamente arribou:
no princípio começou
n'um cavalo inteiriçado,
e vendo-se mal parado,
não quis mais parar ali,
e dando um homem por si,
partindo o deixou soldado.

12
Depois houve laranjadas
com todos os circunstantes,
e o que eram laranjas antes,
vi em risco de punhadas:
com várias calamocadas
saiu mais de algum mirão,
e foi tal a confusão,
que sendo o Falcão previsto,
e corredor mui bem visto,
hoje está cego o Falcão!

[256-259]

Descreve umas comédias, que na Cajaíba foram representadas pelos mesmos, ou parte deles com outros da mesma condição.

Décimas

1
As comédias se acabaram
a meu pesar, e desgosto,
pois para ter, e dar gosto
tomara eu, que começaram:
bem os mirões se admiraram,
e por caminhos umbrosos
iam dizendo saudosos,
e cheios de admiração,
bem haja esta geração
de Pissarros, e Cardosos.

2
Não me esquecera em meus dias
a boa arte, e disciplina,
com que a Madre Celestina
fazia as feitiçarias:
nas suas astrologias
usava de tais cautelas,
que diziam as Donzelas,
o Gregório em todo o caso
por evitar um fracasso
domina sobre as estrelas.

3
Dizem formosas, e feias
mulheres de todo o estado,
que o Carvalho no tablado
chove-lhe a graça às mãos cheias:
ele é velhaco de meias,
ora santo, ora velhaco,
e eu, que o vi vestido em saco,
disse logo espavorido,
basta, que foi Deus servido
fazer um santo de um caco?

4
Não me esqueça o Azevedo,
porque posto no tablado
rebertolou de atinado,
porque ora é manso, ora azedo:
a nenhum outro concedo
ser homem tão peregrino,
tão geral, e tão divino,
pois a dizer me provoca,
que traz por língua na boca
as folhas do Calepino.

5
Ninguém o pode entender,
e eu muito menos o entendo,
e só ele compreendo,
que o não posso comprender:
o que tem, que agradecer,
é o prazer, e o bom ar,
com que se vem ofertar,
porque em todas as jornadas
quer, que lhe dëm as pancadas,
porém não as quer levar.

6
Ele é um lindo rapaz,
e o primeiro filho de Eva,
que dá gosto, quando leva
muito mais que quando traz:
mas o Carvalho sagaz,
que lhe sabe das manqueiras,
lhe sacode as costaneiras,
porque quando desentoa,
dá-lhe uma má, e outra boa
com talos de bananeiras.

7
Inácio é grande estudante,
e nos mostrou tão bom fio,
que do seu jeito confio,
que há de ser grande farsante:
para moço principiante
nos deu bastante regalo,
e nas comédias, que falo,
como nas mais, que hão de haver,
a muitos há de exceder
sim por vida de Gonçalo.

8
Veio a festa a se acabar,
e eu, que lhe vim assistir,
estou cansado de rir,
mais do que de trabalhar:
agora entendo passar
à Catala, que é Buçaco,
porque em lugar tão opaco
a todos dê, que entender,
depois das comédias ver,
ir vê-las por um buraco.

79 [260-263]
Descreve outra comédia que fizeram na cidade os Pardos na celebridade, com que festejaram a Nossa Senhora do Amparo, como costumavam anualmente.

Décimas

1
Grande comédia fizeram
os devotos do Amparo,
em cujo lustre reparo,
que as mais festas excederam:
tão eficazes moveram
ao povo, que os escutou,
que eu sei, quem ali firmou,
que se ainda agora vivera
Viriato, não pudera
imitar, quem o imitou.

2
O Sousa a puro valor,
e a puro esforço arrojado
não pôde ser imitado,
de quem foi imitador:
e bem que a arte maior
não chega, por ser ficção,
à natural perfeição,
tanto a arte aqui o fazia,
que o natural não podia
igualar a imitação.

3
As Damas com galhardia
altivas, e soberanas
muito excedem às Romanas
na pompa, e na bizarria:
cada qual me parecia
tão Dama, e tão gentil Dama,
que quando Lucinda em chama
de amor fingida se viu,
eu sei, que se não fingiu,
quem por ela então se inflama.

4
Mais airosa do que linda
Laura no toucado, e pelo
não foi pouco parecê-lo,
sendo à vista de Lucinda:
tanto me namora ainda
a idea do seu ornato,
que em fé de tanto aparato
meu requebro lhe dissera,
e ciúmes lhe tivera
de afeição de Viriato.

5
O Inácio a puro sal
tanta graça em si acrisola,
que podem pedir-lhe esmola
marinhas de Portugal:
nele a graça é natural,
naturalíssima a cara,
e eu de riso arrebentara,
se me não fora mister
toda a tarde ali viver,
porque dele me lograra.

6
O nosso Juiz passado,
que Salema aqui se diz,
como foi mui bom Juiz,
também foi mui bem julgado:
em passos, gasto, e cuidado
se houve com tanto fervor,
que merece em bom primor
não ser só Juiz do Amparo,
mas por único, e por raro
ser do Amparo Julgador.

80 [263-269]

Descreve com admirável propriedade os efeitos, que causou o vinho no banquete, que se deu na mesma festa entre as Juízas, e Mordomas onde se embebedaram.

Décimas

1
No grande dia do Amparo,
estando as mulatas todas
entre festas, e entre bodas,
um caso sucedeu raro:
e foi, que não sendo avaro
o jantar de canjirões,
antes fervendo em cachões,
os brindes de mão em mão
depois de tanta razão
tiveram certas razões.

2
Macotinha a foliona
bailou rebolando o cu
duas horas com Jelu
mulata também bailona:
senão quando outra putona
tomou posse do terreiro,
e porque ao seu pandeiro
não quis Macota sair,
outra saiu a renhir,
cujo nome é Domingueiro.

3
Por Macotinha tão rasa
de putinha, e mais putinha,
que a pobre da Macotinha
se tornou de puta em brasa:
alborotando-se a casa
as mais se foram erguendo,
mas Jelu, ao que eu entendo,
é valente pertinaz,
lhe atirou logo um gilvaz
de unhas abaixo tremendo.

4
A mim com punhos violentos
(gritou a Puta matrona)
agora o vereis, Putona,
zás, e pôs-lhe os mandamentos:
e com tais atrevimentos
a Jelu se enfureceu,
que indo sobre ela lhe deu
punhadas tão repetidas,
que ficando ambas vencidas,
cada qual delas venceu.

5
Acudiu um Mulatete
bastardo da tal Domingas,
e respingas, não respingas
deu na Mulata um bofete:
ela, fervendo o muquete,
deu c'o Mulato de patas,
eis aqui vêm as Sapatas,
porque uma é sua madrinha,
e todas por certa linha
da mesma casa mulatas.

6
Chegou-se a tais menoscabos
que segundo agora ouvi,
havia de haver ali
uma de todos os diabos:
mas chegando quatro cabos
de putaria anciana,
a Puta mais veterana
disse então, que não cuidava,
que tais efeitos causava
vinhaça tão soberana.

7
Sossegada a gritaria
houve Mulata repolho,
que, o que bebeu por um olho,
pelo outro o desbebia:
mas se chorava, ou se ria,
jamais ninguém comprendera,
se não se vira, e soubera
pelo vinho despendido,
que se tinha desbebido,
quanto vinho se bebera.

8
Tal cópia de jeribita
houve naquele folguedo,
que em nada se tem segredo,
antes tudo se vomita:
entre tantas Mariquita
a Juíza era de ver,
porque vendo ali verter
o vinho, que ela comprara,
de Sorte se magoara,
que esteve para o beber.

9
Bertola devia estar
faminta, e desconjuntada,
pois vendo a pendência armada,
tratou de se caldear:
bebeu naquele jantar
sete pratos não pequenos
de caldo, e sete não menos
de carne, e é de reparar
que a pudera um só matar,
e escapar de dois setenos.

10
Maribonda a minha ingrata
tão pesada ali se viu,
que desmaiada caiu
sobre Luzia Sapata:
viu-se uma, e outra Mulata
em forma de Sodomia,
e como na casa havia
tal grita, e tal confusão,
não se advertiu por então
o ferrão, que lhe metia.

11
Teresa a da cutilada
de sorte ali se portou,
que da bulha se apartou,
porque era puta sagrada:
da pendência retirada
esteve n'um canto posta,
mas com cara de lagosta
trocava com muita graça
o vinho taça por taça,
a carne posta por posta.

12
Enfim, que as Pardas corridas
saíram com seus amantes,
sendo, que no dia d'antes
andavam elas saídas:
e sentindo-se afligidas
do já passado tinelo,
votaram com todo anelo
emenda à Virgem do Amparo,
que no seu dia preclaro
nunca mais bodas al cielo

81 [269-276]

Descreve outra função igual, que no seguinte ano estas, e outras Mulatas da mesma condição fizeram a Nossa Senhora de Guadalupe.

Décimas

1
Tornaram-se a emborrachar
as Mulatas da contenda,
elas não tomam emenda,
pois eu não me hei de emendar:
o uso de celebrar
àquela Santa, e a esta,
com uma, e com outra festa
não é devoção inteira,
é papança, é borracheira
dar de cu, cair de testa.

2
Bebeu Pelica, um almude,
e não faltou, quem notasse,
que mil saúdes tragasse,
e ficasse sem saúde:
caiu como em ataúde,
sendo mortalha as anáguas,
e eu entrei n'um mar de mágoas
vendo a casaca, que era
finíssima primavera,
ficar chamalote d'águas.

3
Vomitou toda a casaca,
e as Mulatas desconvinham
que umas por vômito o tinham,
outras o tinham por caca:
levou sobre isto matraca
entre riso, e murmurinho,
e a carinha com focinho
lhe armou de grande altivez,
mas resvelando-lhe os pés
nadou em mares de vinho.

4
Angelinha aquela posta
manjuba de palafréns,
jogando fortes vaivéns
ao vômito estava posta:
com máscara de lagosta
ora arrotava, ora impava;
tomando puxos estava
até que a hora chegou,
não pariu, mas vomitou,
porque tudo então trocava.

5
A Filha da Mangalaça
de cuxambre tão maldito
indo a parir, o hermanito
viu, que o parto era vinhaça:
chorou tão grande desgraça
a triste da Macotinha,
vendo, que a sua Madrinha
ao botar o tal monstrinho
parira como com vinho,
porém não como convinha.

6
Anastácia a dos corais,
que fornicando a gandaia
para botar uma saia
mete sete oficiais:
bebeu tanto mais que as mais
borrachas desta folia
que cada qual lhe dizia
que pois oficiais chamava
quando uma saia botava,
chamasse, quando bebia.

7
Brásia, que a meu entender
por bonita, e por galharda
excedia a toda a Parda
em cara, como em beber:
depois de muito comer
bebia com tanto afinco,
que dando às demais um trinco,
constou, que de seis frasqueiras
mui cheias, e muito inteiras
só ela bebera as cinco.

8
Helena cu de borralho,
asmática, porém gorda,
se ensopou como uma Torda
na sorda de vinho, e alho:
tiveram grande trabalho
as mais em a levantar,
sem poder-se averiguar,
se era odre, ou se penedo,
e estando neste segredo
ela o veio a vomitar.

9
A Águeda do Michelo,
que tampouco se recata,
nem merece ser Sapata,
que entre todas é chinelo:
assentada no tinelo
dava aos sorvos tal carreira,
que disse uma companheira,
que a tirassem com presteza,
por não haver em tal mesa
azeitona sapateira.

10
Tomou a Garça no ar
a Sapata incontinenti,
e indo arreganhar-lhe o dente,   era desdentatada
não teve, que arreganhar:
porém por se desquitar
pôs-se a bailar o cãozinho,
e como sobre o moinho
levou tantas embigadas,
deu em sair às tornadas
a puro vômito o vinho.

11
Ninguém com Marta Soares
quer trocar odre por odre,
porque de podre, e mais podre
não há distinção de azares:
os copos de vinho a pares
e aos nones a água bebia,
que Deus para ela não cria
água de rios, nem fontes,
e havendo de andar por pontes,
pelas de vinho andaria.

12
Vem Luzia ao sacrifício
Juíza de refestela
Agrela, que já não grela,
por ser puta d'ab initio:
deu um jantar, que era vício
rodava o santo licor,
e a negra serva do amor
gritava com saia verde,
aqui-d'El-Rei, que se perde
a roupa de meu Senhor.

13
Assim pois se embebedaram
a Mestiça, e a Mulata,   umas Mulatas
todos tomaram a gata,   assim chamadas
só as Gatas não tomaram:
bem fizeram, bem andaram
em não irem à função:
porque se me caem na mão,
(como as outras que beberam)
então viram, e souberam
que sou para um gato um cão.

14
A Gaguinha celebrada
se afastou desta folia,
dizendo, que não queria
com Marinículas nada: chamavam assim
entendida, e engraçada   ao Poeta pela obra
respondeu, por vida minha,   do Marinículas
por saber, que não convinha,
que a vinhaça moscatel
graduasse em Bacharel
quem fora sempre uma Gaguinha.

15
Inácia, chamada Ilhoa
para cada beiçarrão,
não bastava um canjirão
com sopas de pão, e broa:
bebeu vinho de Lisboa,
bebeu do Porto, e Canárias,
e vendo, que em copas várias
outras o bebem de Beja,
disse picada de inveja,
ó Virgem das Candelárias!

16
A Surda, que gaga é,
escutando estas plegárias
da Virgem das Candelárias,
chamou a de Nazaré:
que licor é este, que
converte esta Mulatinha?
bendita seja esta vinha,
que deu tão santo licor,
que para dar-lhe o louvor
se esgotou a ladainha.

[277-278]
Descreve a jocosidade, com que as Mulatas do Brasil bailam o Paturi.

Chançoneta

Ao som de uma guitarrilha,
que tocava um colomim
vi bailar na Água Brusca
as Mulatas do Brasil:
Que bem bailam as Mulatas,
que bem bailam o Paturi!

Não usam de castanhetas,
porque c'os dedos gentis
fazem tal estropeada,
que de ouvi-las me estrugi:
Que bem bailam as Mulatas,
que bem bailam o Paturi!

Atadas pelas virilhas
c'uma cinta carmesim,
de ver tão grandes barrigas
lhe tremiam os quadris.
Que bem bailam as Mulatas,
que bem bailam o Paturi!

Assim as saias levantam
para os pés lhes descobrir,
porque sirvam de ponteiros
à discípula aprendiz.
Que bem bailam as Mulatas,
que bem bailam o Paturi!

83 [278-280]
Descreve o Poeta uma boca larga.

Décimas

1
É justa razão, que eu gabe,
boca, a vossa perfeição,
porque vos caiba a razão,
onde a razão vos não cabe:
quem conhecer-vos não sabe,
não teme tamanha empresa,
que vos faz a natureza,
para ser do mundo espanto,
pois nele não cabe tanto,
como na vossa grandeza.

2
Os extremos, que mostrais,
quando esses beiços abris
lisos, delgados, sutis,
brancos, como dois cristais,
em nada são naturais,
que até esses dentes belos
usurparam aos cabelos,
e tem com eles trocada
a cor castanha, e dourada,
e são pardos, e amarelos.

3
E se os outros escondidos
somente o riso os declara,
vós, boca, de pouco avara

os tendes desimpedidos:
porque todos os sentidos
os tenham sempre presentes,
os olhos sempre luzentes
podem sem pestanejar
em tão remoto lugar
ver a beleza dos dentes.

4
Amor, que as almas condena,
por melhor as conquistar,
para ensinar a atirar,
que sejais meu branco ordena:
não creiais, que por pequena
vos há de errar a medida,
antes minha alma duvida
de escapar-lhe em toda a toca,
se a medida dessa boca
houver de dar a ferida.

5
Aviso, graça, e saber,
amor, cuidado, e desejos,
quando for grande o bocejo,
em vós não se hão de esconder:
tesouro não podeis ser,
mas sois mina descoberta,
sendo cousa muito certa,
que a serem os dentes de ouro
éreis má para tesouro,
por andares sempre aberta.

[281-283]
Pintura graciosa de uma Dama corcovada.

Décimas

1
Laura minha, o vosso amante
não sabe, por mais que faz,
quando ides para trás,
nem quando para diante:
olha-vos para o semblante,
e vê no peito a cacunda,
é força, que se confunda,
pois olha para o espinhaço,
e vendo segundo inchaço,
o tem por cara segunda.

2
Com duas corcovas postas,
que amante não duvidara,
se tendes costas na cara,
se trazeis a cara às costas:
quem fizer sobre isso apostas,
não é de as ganhar capaz,
que a vista mais perspicaz
nunca entre as confusas ramas
vê, se as pás trazeis nas mamas,
se as mamas trazeis nas pás.

3
Entre os demais serafins,
que há ali de belezas raras,
só vós tendes duas caras,

e ambas elas mui ruins:
quem vos for buscar os rins,
que moram atrás do peito,
nunca os há de achar a jeito,
crendo, que adiante estão,
com que sois mulher, que não
tem avesso, nem direito.

4
Vindo para mim andando,
cuido (como é cousa nova
trazer no peito a corcova)
que vos ides ausentando:
cuido (estando-vos olhando
no peito o corcós tremendo)
que às costas vos estou vendo:
e porque vos vejo assim
vir co'a giba para mim,
que as costas me dais, entendo.

5
A vossa corcova rara
deixe o peito livre, e cru,
ou crerei, que é vosso cu
parecido à vossa cara:
e se acaso vos enfara
dar-vos por tão verdadeira
esta semelhante asneira,
por mais que vos descontente,
hei de crer, que é vossa frente
irmã da vossa traseira.

6
Um bem tem vosso aleijão
mui útil, a quem vos ama,

e é, que haveis de dar na cama
mais voltas do que um pião:
se o pião de um só ferrão
voltando em giros continos
dá gostos tão peregrinos,
vós pião de dous ferrões
sereis sem comparações
desenfado dos meninos.

[284-286]

Descreve o que lhe aconteceu em São Gonçalo do Rio Vermelho com a vista de uma Dama formosa, e bem adornada.

Romance

Fui à missa a São Gonçalo,
e nunca fora à tal missa,
que uma custa dous tostões,
e esta há de custar-me a vida.

Estava eu fora esperando,
que o Clérigo se revista,
quando pela igreja entrou
o Sol n'uma serpentina.

Uma mulher, uma flor,
um Anjo, uma Paraninfa,
Sol disfarçado em mulher,
e flor em Anjo mentida.

Fui ver a metamorfose,
vi uma moça divina
ocasionada da cara,
quando arriscada de vista.

Onde tal risco se corre,
ou onde tanto se arrisca,
que menos se há de perder,
que a liberdade, e a vida.

Desde então fui seu cativo,
seu morto daquele dia,

e dentre ambos quis Amor,
que só o cativo lhe sirva.

Serve o cativo talvez,
mortos não têm serventia,
e se tiver de matar-me
vanglória, o terei por dita.

Por entre a nuvem do manto,
que a luz própria então vencia,
às claras estive vendo
aquela estrela divina:

Aquele Sol soberano,
que pela eclíptica via
de seu rosto anda fazendo
um solstício a cada vista.

Acabou-se a missa logo,
e foi a primeira missa,
que por breve me enfadou,
pois toda a vida a ouvira.

Foi-se para sua casa,
e eu a segui a uma vista,
passou o rio, e cobrou-se,
cheguei ao rio, e perdi-a.

Vi-a no monte, e lhe fiz
c'o chapéu as despedidas,
e lhe inculquei meu amor
por meio da cortesia.

Não tornei a São Gonçalo,
nem tornarei em meus dias,
que entre beleza, e adorno
todo o home ali periga.

[286-289]

Retrato de uma Dama em metafóricas doutrinas, que se dão a um Papagaio. Este fez sendo estudante.

Romance

"Como estais, Louro" diz Fílis
a um Papagaio, que ensina,
Louro como este cabelo
onde sempre o ouro brilha.

"Toca, Papagaio, toca:"
não toco em testa tão linda,
que sem ter pedra de toque,
conheço ser pedra fina.

"Quem passa, Louro quem passa"
passa amor com alegria
por esses arcos triunfantes
feito cego, e cachorrinha.

"Dizei o ré mi fá sol"
sempre o sol nessas safiras
com raios anda abrasando,
com frechas tirando vidas.

"Correi, comadre, correi"
vereis rosas, clavelinas,
jasmins, cravos, açucenas,
nesse belo rosto unidas.

"Outro, Papagaio, outro"
cousa impossível seria

achar um nariz como esse,
se não for por maravilha.

"Vá, Papagaio real"
real é essa boquinha,
a quem Tiro paga grátis
pérolas, e margaritas.

"Para Portugal" dizei:
para Portugal é dita
ver essa barba engraçada
madrepérola em conchinha.

"Dá comer ao Papagaio:"
antes eu, Senhora minha,
na neve dessa garganta
com regalo beberia.

"Dai cá o pé, meu Lourinho,"
isso fora grosseria,
que pusesse eu o meu pé
n'umas mãos tão cristalinas.

"Corrido vai" isso é certo,
que corrido ficaria
quem desse peito quisesse
colher as maçãs tão ricas.

"Tiro lico tico, ré fá:"
isso são duas cousinhas,
que nos pés andam em breve
só com uma cifra escritas.

Dizei "Tabaréu, réu, réu"
manda Amor, que não prossiga,

porque não sou em Colón
para descobrir tais índias.

Falou como um Papagaio
o Papagaio este dia:
eu falei como Estorninho,
Fílis qual Pega, ou Corica.

[289-291]

Descreve metaforicamente as perfeições de uma Dama pelos naipes da baralha.

Romance

Pelos naipes da baralha
vos faço, Nise, um retrato,
levantai, que eu dou as cartas.
Saiu de ouros. Vou trunfando.

Ouro é o vosso cabelo,
e de preço, e valor tanto,
que desse pelo ás manilhas
eu co'a espadilha não ganho.

A testa é de outro, metal,
que na baralha não acho,
que muito, que me ganheis,
se jogais com naipes falsos.

Não acho em toda a baralha
o naipe de prata, salvo
copas: são copas de prata,
que à vossa testa comparo.

Os olhos são matadores,
verbi gratia, sota, e basto
com que me dais os capotes,
e com que vaza não faço.

Em vosso rosto o nariz
grande, nem pequeno o acho,

que isso é carta, que não joga,
e diz, se joga, eu me ganho.

Boca, e dentes são espadas
pelo risco, e pelo estrago,
que vão às almas fazendo,
se os ides desembainhando.

Os dous peitos, e a garganta
é um jogo soberano
de sota, cavalo, rei,
e garatusa com ganhos.

As mãos vós todas ganhais,
porque nas canas pegando
todos os trunfos vos tocam,
e as minhas pintais em branco.

Para ser o vosso pé
não acho em todo o baralho
mais que o ás, que val um ponto,
como tem vosso sapato.

Porém a carta coberta,
que metem assaz picado,
eu vo-la direi depois,
que inda vou bruxuleado.

[291-292]

Descreve o que era realmente naquele tempo a Cidade da Bahia de mais enredada por menos confusa.

Soneto

A cada canto um grande conselheiro,
Que nos quer governar cabana, e vinha,
Não sabem governar sua cozinha,
E podem governar o mundo inteiro.

Em cada porta um frequentado olheiro,
Que a vida do vizinho, e da vizinha
Pesquisa, escuta, espreita, e esquadrinha,
Para a levar à Praça, e ao Terreiro.

Muitos Mulatos desavergonhados,
Trazidos pelos pés os homens nobres,
Posta nas palmas toda a picardia.

Estupendas usuras nos mercados,
Todos, os que não furtam, muito pobres,
E eis aqui a cidade da Bahia.

[292-293]
Descreve a vida escolástica.

Soneto

Mancebo sem dinheiro, bom barrete,
Medíocre o vestido, bom sapato,
Meias velhas, calção de esfola-gato,
Cabelo penteado, bom topete.

Presumir de dançar, cantar falsete,
Jogo de fidalguia, bom barato,
Tirar falsídia ao Moço do seu trato,
Furtar a carne à ama, que promete.

A putinha aldeã achada em feira,
Eterno murmurar de alheias famas,
Soneto infame, sátira elegante.

Cartinhas de trocado para a Freira,
Comer boi, ser Quixote com as Damas,
Pouco estudo, isto é ser estudante.

90 [293-296]

Em ocasião de férias passou o Poeta a Viana, e ali viu uma procissão, em que por uso antigo aparecia a Morte adornada com patas, peças de ouro, e muitos cachos de uvas verdes, levando outrossim em figura de São Cristovão uma estátua de papelão vestida de baeta verde, e movida por um Mariola como costumam na procissão de corpus ir os Gigantes.

Décimas

1
Por sua mão soberana
Deus, que é Pai de piedade,
livre a toda a cristandade
da má Morte de Viana:
em vez de morte é pavana
morte composta de asneira,
porque tirar da parreira
quantas uvas vai brotando,
para lhas ir pendurando,
é morte de borracheira.

2
Ornar a morte a meu ver
de patas, por mais campar,
é querê-la namorar
por falta de outra mulher:
homens, que têm tal prazer,
que enfeitam toda uma ossada
de patas, e alfinetada,
é gente, que sem disputa
pertende em trajes de puta
dormir a morte enfeitada.

3
Isto de morte com patas,
e com uvas até os pés
(como disse um Vianês)
livre está de pataratas:
há gentes tão mentecaptas,
que se ocupam a enfeitar,
a quem os há de matar,
e lhe ponham todo o ouro
sem temer, que isto é agouro,
de que a morte os vem roubar.

4
Gente, que folga de ver
uma caveira enfeitada,
esta é a morte folgada,
que em menino ouvi dizer:
mas não me pode esquecer
asneira tão alta, e forte,
de uns bárbaros de má sorte,
e umas gentes insensatas,
que pondo a morte de patas,
cuidam, que empatam a morte.

5
Se Viana nisto dá
por fazer à morte festa,
convenho, que gente é esta,
que até a morte guardará:
mas que São Cristóvão vá
em charola de vaqueta
com coração de baeta,
e verde por mais decoro,
aqui se perde Isidoro
raivoso sobre alegrete.

91 [296-297]

Descreve a Ilha de Itaparica com sua aprazível fertilidade, e louva de caminho ao Capitão Luís Carneiro homem honrado, e liberal, em cuja casa se hospedou.

Soneto

Ilha de Itaparica, alvas areias,
Alegres praias, frescas, deleitosas,
Ricos polvos, lagostas deliciosas,
Farta de Putas, rica de baleas.

As Putas tais, ou quais não são más preas,
Pícaras, ledas, brandas, carinhosas,
Para o jantar as carnes saborosas,
O pescado excelente para as ceas.

O melão de ouro, a fresca melancia,
Que vem no tempo, em que aos mortais abrasa
O sol inquisidor de tanto oiteiro.

A costa, que o imita na ardentia,
E sobretudo a rica, e nobre casa
Do nosso capitão Luís Carneiro.

[297-298]
Descreve a confusão do festejo do Entrudo.

Soneto

Filhós, fatias, sonhos, mal-assadas,
Galinhas, porco, vaca, e mais carneiro,
Os perus em poder do Pasteleiro,
Esguichar, deitar pulhas, laranjadas.

Enfarinhar, pôr rabos, dar risadas,
Gastar para comer muito dinheiro,
Não ter mãos a medir o Taverneiro,
Com réstias de cebolas dar pancadas.

Das janelas com tanhos dar nas gentes,
A buzina tanger, quebrar panelas,
Querer em um só dia comer tudo.

Não perdoar arroz, nem cuscuz quente,
Despejar pratos, e alimpar tigelas,
Estas as festas são do Santo Entrudo.

93 [298-305]

Descreve a deplorável peste, que padeceu a Bahia no ano 1686, a quem discretamente chamaram Bicha, porque variando nos sintomas, para que a medicina não soubesse atalhar os efeitos, mordia por diferentes bocas, como a bicha de Hércules. Também louva o caritativo zelo de algumas pessoas com os enfermos.

Romance

Deste castigo fatal,
que outro não vemos, que iguale,
serei Mercúrio das penas,
e Coronista dos males.

Tome esta notícia a Fama,
para que voe, e não pare,
e com lamentáveis ecos
soe n'uma, e n'outra parte.

Ano de mil, e seiscentos
oitenta e seis, se contar-se
pode por admiração,
escutem os circunstantes.

Chegou a morte à Bahia,
não cuidando, que chegasse,
aqueles, que não temiam
seus golpes por singulares.

Representou-nos batalha
com rebuços no disfarce,
facilitando a peleja
para segurar o saque.

Mas tocando a degolar
levou tudo a ferro, e sangue
divertindo a medicina
com variar os achaques.

Fez estrago tão violento
em discretos, ignorantes,
em pobres, ricos, soberbos,
que nenhum pode queixar-se.

Ao discreto não valeram
seus conceitos elegantes,
nem ao néscio o ignorar,
que ofensas hão de pagar-se.

Ao rico não reparou
de seu poder a vantagem,
nem ao soberbo o temido
nem ao pobre o humilhar-se.

Ao galante o ser vistoso,
nem ao polido o brilhante,
nem ao rústico descuidos,
de que há de a vida acabar-se.

E se algum quis de manhã
rosa brilhante ostentar-se,
chegava a morte, e se via
funesta pompa de tarde.

Emudeceu as folias,
trocou em lamento os bailes,
cobriu as galas de luto,
encheu de pranto os lugares.

Foi tudo castigo em todos
por esta, e aquela parte,
se aos pobres faltou remédio,
aos ricos sobraram males.

Para o sexo feminino
veio a morte de passagem,
deixando-lhe, no que via
exemplo para emendar-se.

Nos inocentes de culpa
foi a morte relevante,
que tanto a inocência livra,
quanto condena o culpável.

Pela caterva etiópia
passou tocando rebate,
mas corpos, que pagam culpas,
não é bem, que à vida faltem.

Já se via pelas ruas
de porta em porta chegar-se
um devoto Teatino
intimando a confessar-se.

Quem para a morte deixara
negócio tão importante,
porque as lembranças da vida
negam da morte o lembrar-se.

Os campanários se ouviam
uma hora em outra dobrarem,
despertadores da morte,
porque aos vivos lhe lembrasse.

Fez abrir nos cemitérios
em um dia a cada instante
para receber de corpos,
o que tinham de lugares.

Foi tragédia lastimosa,
em que pode ponderar-se,
que a terra sobrando a muitos,
se viu ali, que faltasse.

Os que nela não cabiam,
quando vivos, hoje cabem
n'uma sepultura a três,
quero dizer a três pares.

Viam-se as enfermarias
de corpos tão abundantes,
que sobrava a diligência,
para que a todos chegassem.

O remédio para as vidas
era impossível achar-se,
porque o número crescia
cada minuto, e instante.

Titubeava Galeno
com a implicância dos males,
porque o tributo das vidas,
mandava Deus, que pagassem.

O Senhor Marquês das Minas,
que Deus muitos anos guarde,
zeloso como cristão,
liberal como Alexandre:

Preveniu para a saúde,
para que em tudo acertasse,
dividirem-se os enfermos
por casas particulares.

Este zelo foi motivo,
de que todos por vontade
(digo os possantes) mostraram,
serem próximos amantes.

Havia um novo hospital,
onde se admirou notável
o zelo de uma Senhora
Dona Francisca de Sande:

Mostrando como enfermeira
o desvelo em toda a parte,
e administrando a mezinha,
a quem devia de dar-se.

Consolando a quem gemia,
animando os circunstantes,
tolerando o sentimento
de que assim não acertasse.

Não reparando nos gastos
da fazenda, que eram grandes,
porque só quis reparar
vidas, por mais importantes.

O Marquês como Senhor
quis em tudo aventejar-se,
abrindo para a pobreza
os tesouros da vontade.

Repartia pelos pobres
esmolas tão importantes,
que o seu zelo nos mostrava
querer, que nada faltasse.

Publicando geralmente,
que a ele os pobres chegassem,
porque ao remédio de todos
sua Excelência não falte.

Mas se estava Deus queixoso,
que muito passasse avante
este castigo de culpas,
mais que inclemência dos ares.

Finalmente que a Bahia
chegou a extremo tão grande,
que aos viventes parecia
querer o mundo acabar-se.

Punha a morte cerco às vidas
tão cruel, e exorbitante,
em três meses sepultou
da Bahia a maior parte.

Ah Bahia! bem puderas
de hoje em diante emendar-te,
pois em ti assiste a causa
de Deus assim castigar-te.

Mostra-se Deus ofendido,
nós sem desculpa que dar-lhe;
emendemos nossos erros,
que Deus porá termo aos males.

[305-313]

Lamenta o Poeta o triste paradeiro da sua fortuna descrevendo as misérias do Reino de Angola para onde o desterraram.

Coplas

Nesta turbulenta terra
armazém de pena, e dor,
confusa mais do temor,
inferno em vida.

Terra de gente oprimida,
monturo de Portugal,
para onde purga seu mal,
e sua escória:

Onde se tem por vanglória
o furto, a malignidade,
a mentira, a falsidade,
e o interesse:

Onde a justiça perece
por falta, de quem a entenda,
e onde para haver emenda
usa Deus,

Do que usava c'os Judeus,
quando era Deus de vinganças,
que com todas as três lanças
de sua ira

De seu trono nos atira
com peste, e sanguínea guerra,
com infecúndias da terra,
e pestilente

Febre maligna, e ardente,
que aos três dias, ou aos sete
debaixo da terra mete
o mais robusto

Corpo queimado, e combusto,
sem lhe valer medicina,
como se peçonha fina
fora o ar:

Deste nosso respirar
efeitos da zona ardente,
onde a etiópica gente
faz morada:

Gente asnaval, e tostada,
que da cor da escura noite
à pura marca, e açoite
se encaminha:

Aqui a fortuna minha
conjurada com seu fado
me trazem em tal estado,
qual me vejo.

Aqui onde o meu desejo
debalde busca seu fim,
e sempre me acho sem mim,
quando me busco.

Aqui onde o filho é fusco,
e quase negro é o neto,
negro de todo o bisneto
e todo escuro;

Aqui onde ao sangue puro
o clima gasta, e consome,
o gesto rói, e corcome
o ar, e o vento,

Sendo tão forte, e violento,
que ao bronze metal eterno,
que o mesmo fogo do inferno
não gastara,

O racha, quebra, e prepara,
que o reduz a quase nada;
os bosques são vil morada
de Empacassas

Animais de estranhas raças,
de Leões, Tigres, e Abadas,
Elefantes às marradas,
e matreiros:

Lobos cervais, carniceiros,
Javalis de agudas setas,
Monos, Bugios de tretas
e nos rios

Há maldições de assobios
de crocodilos manhosos
de cavalos espantosos
dos marinhos,

Que fazem horrendos ninhos
nas mais ocultas paragens
das emaranhadas margens,
e se acaso,

Quereis encher de água um vaso,
chegando ao rio ignorante
logo nesse mesmo instante
vos sepulta

Na tripagem mais oculta
um intrépido lagarto,
vós inda vivo, ele farto:
pelo que

Não ousais a pôr o pé
uma braça da corrente
que este tragador da gente
vos obriga

A fugir-lhe da barriga;
Deus me valha, Deus me acuda
e com sua santa ajuda
me reserve:

Em terra não me conserve,
onde a sussurros, e a gritos
a multidão de mosquitos
toda a noite

Me traga em contino açoite,
e bofetadas soantes,
porque as veas abundantes
do vital

Humor puro, e cordial
não veja quase rasgadas
a puras ferretoadas:
e inda é mais;

Se acaso vos inclinais
por fugir da ocasião
da vossa condenação
a lavrador,

Estando a semente em flor,
qual contra pintos minhotos,
um bando de gafanhotos,
imundícia,

Ou qual bárbara milícia
em confusos esquadrões
marcham confusas legiões,
(estranho caso!)

Que deixam o campo raso,
sem raiz, talo, nem fruto
sem que o lavrador astuto
valer lhe possa:

Antes metido na choça
se lastima, e desconsola
vendo, o quão geral assola
esta má praga.

Há uma cobra, que traga
de um só sorvo, e de um bocado
um grandíssimo veado:
e se me ouvis,

Há outra chamada Enfuís,
que se vos chegais a ela
vos lança uma esguicha dela
de peçonha,

Quantidade, que se exponha
bem dos olhos na menina,
com dores, que desatina
o paciente:

Cega-vos incontineni
que o trabuco vos assesta
distante um tiro de besta:
(ó clemência

De Deus?) ó onipotência,
que nada embalde criaste!
Para que depositaste
n'um lugar

Instrumentos de matar
tais, e em tanta quantidade!
e se o sol com claridade,
e reflexão

É causa da geração
como aqui corrompe, e mata?
e se a lua cria a prata,
e seu humor

Almo, puro, e criador
comunica às verdes plantas,
como aqui maldades tantas
descarrega?

E se a chuva só se emprega
em fertilizar os prados,
como febres aos molhados
dá mortais?

E se quantos animais
a terra sustenta, e cria,
são dos homens comedia,
como nesta

Terra maldita, e infesta,
triste, horrorosa, e escura
são dos homens sepultura?
Mas, Senhor,

Vós sois sábio e criador
desta fábrica do mundo,
e é vosso saber profundo,
e sem medida.

Lembrai-vos da minha vida,
antes que em pó se desfaça,
ou dai-me da vossa graça
por eterna despedida.

[313-314]
Descreve o que realmente se passa no reino de Angola.

Soneto

Pasar la vida, sin sentir que pasa,
De gustos falta, y de esperanzas llena,
Volver atrás pisando en seca arena,
Sufrir un sol, que como fuego abrasa.

Beber de las cacimbas agua basa,
Comer mal pez a medio dia, y cena,
Oír por cualquier parte una cadena,
Ver dar azotes sin piedad, ni tasa:

Verse uno rico por encantamiento,
Y señor, quando a penas fue creado,
No tener, de quien fue, conocimiento;

Ser mentiroso por razón de estado;
Vivir en ambición siempre sediento,
Morir de deudas, y pesar cargado.

[314-317]

Descreve a um amigo desde aquele degredo as alterações, e misérias daquele Reino de Angola, e o que juntamente lhe aconteceu com os soldados amotinados, que o levaram para o campo, e tiveram consigo para os aconselhar no motim.

Romance

Angola é terra de pretos,
mas por vida de Gonçalo,
que o melhor do mundo é Angola,
e o melhor de Angola os trapos.

Trapos foi o seu dinheiro
este século passado,
hoje já trapos não correm,
corre dinheiro mulato.

Dinheiro de infame casta,
e de sangue inficionado,
por cuja causa em Angola
houve os seguintes fracassos.

Houve amotinar-se o Terço,
e de ponto em branco armado
na praia de Nazaré
pôr-nos em sítio apertado.

Houve, que Luís Fernandes
foi entonces aclamado
por rei dos jeribiteiros,
e por sova dos borrachos.

Houve expulsão do Ouvidor,
que na chinela de um barco
botou pela barra fora
mais medroso, que outro tanto.

Houve levar-se o Doutor
rocim pelo barbicacho,
à campanha do motim
por Secretário de estado.

Houve, que receando o Terço
mandou aqui lançar bandos,
alguns com pena de morte,
outros com pena de tratos.

Houve, que sete cabeças
foram metidas n'um saco,
porque o dinheiro crescesse,
como os fizessem em quartos.

Houve, que sete mosquetes
leram aos sete borrachos
as sentenças aos ouvidos
em segredo aqui entre ambos.

Houve, que os sete defuntos
inda hoje se estão queixando,
que aquela grande porfia
lhe tem os cascos quebrados.

Houve, que após da sentença,
e execução dos madraços
prenderam os esmoleiros,
que deram socorro ao campo.

Houve, que saíram livres
por força de um texto Santo,
cuja fé nos persuade,
que a esmola apaga o pecado.

Houve mil desaventuras,
mil sustos, e mil desmaios,
uns tremiam com quartãs,
a outros tremiam os quartos.

Houve, que esteve em depósito,
a ponto de ser queimado
arremedando nas cinzas
ao antigo mar Troiano.

Leve o diabo o dinheiro,
por cujo sangue queimado
tanta queimação de sangue
padecem negros, e brancos.

Com isto não digo mais,
antes tenho sido largo,
que me esquecia até agora
do nosso amigo Lencastro.

[318]
Descreve um horroroso dia de trovões.

Soneto

Na confusão do mais horrendo dia,
Painel da noite em tempestade brava,
O fogo com o ar se embaraçava,
Da terra, e ar o ser se confundia.

Bramava o mar, o vento embravecia,
A noite em dia enfim se equivocava,
E com estrondo horrível, que assombrava,
A terra se abalava, e estremecia.

Desde o alto aos côncavos rochedos,
Desde o centro aos altos obeliscos
Houve temor nas nuvens, e penedos.

Pois dava o Céu ameaçando riscos
Com assombros, com pasmos, e com medos
Relâmpagos, trovões, raios, coriscos.

[319]

Descreve o Poeta a Cidade do Recife em Pernambuco.

Soneto

Por entre o Beberibe, e o Oceano
Em uma areia sáfia, e lagadiça
Jaz o Recife povoação mestiça,
Que o Belga edificou ímpio tirano.

O Povo é pouco, e muito pouco urbano,
Que vive à mercê de uma linguiça,
Unha-de-velha insípida enfermiça,
E camarões de charco em todo o ano.

As Damas cortesãs, e por rasgadas
Olhas podridas, são, e pestilências,
Elas com purgações, nunca purgadas.

Mas a culpa têm vossas reverências,
Pois as trazem rompidas, e escaladas
Com cordões, com bentinhos, e indulgências.

[320]

Descreve a Procissão de Quarta-feira de Cinza em Pernambuco.

Soneto

Um negro magro em sufilié mui justo,
Dous azorragues de um Joá pendentes,
Barbado o Peres, mais dous penitentes,
Com asas seis crianças sem mais custo.

De vermelho o Mulato mais robusto,
Três meninos Fradinhos inocentes,
Dez, ou doze Brichotes mui agentes,
Vinte, ou trinta canelas de ombro onusto.

Sem débita reverência seis andores,
Um pendão de algodão tinto em tejuco,
Em fileira dez pares de Menores:

Atrás um negro, um cego, um Mamaluco,
Três lotes de rapazes gritadores,
É a Procissão de cinza em Pernambuco.

POESIAS
tristes.

[321-322]

Zeloso, e triste consulta o Poeta a soledade dos montes para seu desafogo.

Romance

Montes, eu venho a buscar-vos
para contar-vos meu mal,
inda que o vosso silêncio
interrompa com meus ais.

Já sabeis, que adora a Menga,
a quem para sujeitar
frágil corrente é meu pranto
desatada em seu cristal.

Já vos referi mil vezes,
como Menga com Pascoal,
em cima de dar-me zelos,
zelos me obriga a aceitar.

Se o remédio é não tomá-los,
dá-me Menga em se queixar,
de que sou Pastor grosseiro,
pois não tomo, o que me dá.

[322-324]

Ausente de sua casa pondera o Poeta o seu mesmo erro, em ocasião de ser buscado por sua Mulher.

MOTE
Foi-se Brás da sua aldeia,
sabe Deus, se tornará,
que viu no caminho a Menga,
e a Gila não quer ver mais.

Glosa

1
Brás um Pastor namorado
tão nobre, como entendido
das Pastoras tão querido,
como na aldeia invejado:
dos arpões do Amor crivado
tanto os sentidos lhe enleia,
Menga, e tanto se lhe afeia
Gila em seu ciúme esquivo,
que por um, e outro motivo
Foi-se Brás de sua aldeia.

2
Gila, que esta ausência sente,
movida de seus pesares
correu terras, passou mares
zelosa, e impaciente:
nenhuns vestígios persente
das passadas, que Brás dá,

mas tendo notícia já,
que o leva um novo cuidado,
disse, se vai namorado,
Sabe Deus, se tornará.

3
No tempo, em que Brás me olhava,
e a vista não divertia,
então sim que me queria,
e de querer me adorava:
porém hoje, que da aljava,
de Amor, que tanto o derrenga,
anda ferido: que arenga,
que razão, que pundonor
há de virar a um Pastor,
que viu no caminho a Menga?

4
Se anda atrás de uma beleza,
um garbo, uma bizarria,
e é homem Brás, que varia
por gosto, e por natureza,
quem o tirará da empresa
de merecer prendas tais,
se os meus suspiros, e ais
valem com ele tão pouco,
que se anda por Menga louco,
E a Gila não quer ver mais.

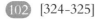 [324-325]

Queixa-se de que nunca faltem penas para a vida, faltando a vida para as mesmas penas.

Soneto

Em o horror desta muda soledade,
Onde voando os ares à porfia
Apenas solta a luz a aurora fria,
Quando a prende da noite a escuridade.

Ah cruel apreensão de uma saudade,
De uma falsa esperança fantesia,
Que faz, que de um momento passe o dia,
E que de um dia passe à eternidade!

São da dor os espaços sem medida,
E a medida das horas tão pequena,
Que não sei, como a dor é tão crescida.

Mas é troca cruel, que o fado ordena,
Porque a pena me cresça para a vida,
Quando a vida me falta para a pena.

[325-327]

Chora o Poeta sua infelicidade com um pensamento oculto.

MOTE
Amargo paguen tributo
mis ojos al desamor
pues de una esperanza en flor
es hoy desengaño el fruto.

Glosa

1
Solos de mi triste enojo
ojos, podreis dar indicios,
pues aquestos desperdicios
los tuvisteis siempre de ojo:
hoy, a que lloreis, me arrojo
con desengaño absoluto,
que el reconcentrado luto,
(con causa a los ojos tanto)
pide a los ojos, que en llanto
Amargo paguen tributo.

2
No es, ojos, intento mío
soltar la corriente en vano,
ni que sea en castellano,
lo que en portugués es río:
corrientes de um llanto pío
abono de mi dolor

manifesten al amor,
digan con iras, y afecto
su tirano, y vil efecto
Mis ojos al desamor.

3
Rebentad de sentimiento,
ojos, en tanto delirio,
porque de aqueste martirio
saquen muchos escarmiento:
sepan de vuestro tormento,
para que tengan horror,
huyan, huyan del amor
que nunca es bien de raíz,
sepan, sepan, que moris
Pues de una esperanza en flor.

4
Y pues conocisteis vos
lo mucho, que el amor daña,
lo que para niño engaña,
lo que miente para Dios,
la Esfinge de humana voz,
y corazón resoluto
llorad con ardiente luto:
temed con tristes dolores,
pues que de sus lindas flores
Es hoy desengaño el fruto.

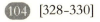 [328-330]

Ausente de um conhecido bem receia temeroso as quebras.

MOTE
Ausencias, y soledades
llora mi fe, y mi amor,
que el adorarte, y no verte,
deste efecto causa son.

Glosa

1
Hoy, Fili, doble pasión
me ofende en dura piedad,
los ojos la soledad,
y la ausencia el corazón:
el pecho, y los ojos son
testigos de mis verdades,
pues llorando vanidades,
miro con oposiciones,
que son causa a mis pasiones
Ausencias, y soledades.

2
Mi amor, y mi fe conmigo
lloran, y rien mi estrago,
pues al mérito es alhago,
lo que al deseo es castigo:
así complicado sigo
el plazer por el horror,

pues por no ver su esplendor,
cuándo el mérito me ve,
rie mi amor, y mi fe,
Llora mi fe, y mi amor.

3
Las ausencias necio llora
de una, que deidad se infiere,
que quien al divino quiere,
no mira, si bien adora:
la vista a la fe minora
con el peligro al quererte;
no muera pues, que la suerte
precia menos por amarte,
el verte, sin adorarte,
Que el adorarte, y no verte.

4
Ya quiero la soledad,
y el mérito en el tormento
no lo engendre el sufrimiento,
podiendo la enfermedad:
efecto de tu beldad
es tan noble adoración,
pues tu culto, y mi atención,
tu deidad, y mis afectos,
desta causa son efectos,
Deste efecto causa son.

105 [330-332]
Ao Mesmo Assunto.

MOTE
Ao pé de uma junqueirinha
nasce uma fonte de prata,
assentei-me junto dela,
bem tolo é, quem se mata.

Glosa

1
Por divertir saudades
de Fílis do céu traslado
quis escolher meu cuidado
por alívio as soledades:
e revolvendo as verdades
da fé, e firmeza minha,
como cessado não tinha,
de sentir, e imaginar,
me deitei por descansar
Ao pé de uma junqueirinha.

2
Tomou-me o sono os sentidos,
e em sonhos e fantasia
arrebatado me guia
a ver uns campos floridos:
e para mais divertidos
meus cuidados, me retrata
uma graciosa mata

fabricada de craveiros,
donde entre verdes oiteiros
Nasce uma fonte de prata.

3
Estava as graças notando
de tão linda arquitetura,
quando a melhor formosura
à fonte se vem chegando:
um véu de rosto tirando
para melhor poder vê-la,
conhecer ser Fílis bela,
a que a minha alma roubou,
e vendo, que se assentou,
Assentei-me junto dela.

4
Eis que gozando de amor
as delícias, acordei,
e só sem Fílis me achei
da junqueirinha ao redor:
que presto vence uma dor
qualquer aparência grata!
quem em seus amores trata
de glórias, não tem razão,
e por deleites em vão
Bem tolo é, quem se mata.

 [332-333]
Ao Mesmo intento.

MOTE
Deixai-me tristes memórias.

Glosa

Nesta ausência, bem querido,
nada me serve de gosto,
que o bem, que em vós tenho posto,
por ausente está perdido:
mas aparta-te, sentido,
pois se apartam essas glórias,
porque as antigas vitórias,
com que amor triunfou então,
já lá vão, já nada são,
Deixai-me, tristes memórias.

 [333-334]

Chora um bem perdido, porque o desconheceu na posse.

Soneto

Porque não conhecia, o que lograva,
Deixei como ignorante o bem, que tinha,
Vim sem considerar, aonde vinha,
Deixei sem atender, o que deixava.

Suspiro agora em vão, o que gozava,
Quando não me aproveita a pena minha,
Que quem errou, sem ver, o que convinha,
Ou entendia pouco, ou pouco amava.

Padeça agora, e morra suspirando
O mal, que passo, o bem, que possuía,
Pague no mal presente o bem passado.

Que quem podia, e não quis, viver gozando,
Confesse, que esta pena merecia,
E morra, quando menos confessado.

 [334-335]

Enfada-se o Poeta do escasso proceder de sua sorte.

Soneto

Ó que cansado trago o sofrimento,
E que injusta pensão de humana vida,
Que dando-me o tormento sem medida,
Me encurta o desafogo de um contento!

Nasceu para oficina do tormento
Minha alma a seus desgostos tão unida,
Que por manter-se em posse de afligida,
Me concede os pezares de alimento.

Em mim, não são as lágrimas bastantes
Contra incêndios, que ardentes me maltratam,
Nem estes contra aqueles são possantes.

Contrários contra mim em paz se tratam,
E estão em ódio meu tão conspirantes,
Que só por me matarem, não me matam.

[335-336]

Compara, suas penas com as estrelas muito satisfeito com a nobreza do símile. A primeira quarta não é sua.

Soneto

Una, dos, tres estrellas, veinte, ciento,
Un millón, mil millares de millares;
Valga-me Dios! Que tengan mis pesares
Su retrato en el alto firmamento!

Que siendo las estrellas tan sin cuento,
Como son las arenas de los mares,
Las iguale en sus números impares,
Mi pesar, mi desdicha, y mi tormento!

Mas yo de que me espanto, o que me abismo!
Tenga ese alivio enfin mi desconsuelo,
Que se va pareciendo al cielo mismo.

Pues podiendo mis males por más duelo
Semejarse a las penas del abismo,
Tienen su semejanza allá en el cielo.

 [336-337]

No Fluxo e refluxo da maré encontra o desditado
Poeta incentivo para recordar seus males.

Soneto

Seis horas enche e outras tantas vaza
A maré pelas margens do Oceano,
E não larga a tarefa um ponto no ano,
Depois que o mar rodea, o sol abrasa.

Desde a esfera primeira opaca, ou rasa
A Lua com impulso soberano
Engole o mar por um secreto cano,
E quando o mar vomita, o mundo arrasa.

Muda-se o tempo, e suas temperanças,
Até o céu se muda, a terra, os mares,
E tudo está sujeito a mil mudanças.

Só eu, que todo o fim de meus pesares
Eram de algum minguante as esperanças,
Nunca o minguante vi de meus azares.

111 [337-342]

Pondera na corrente arrebatada de um caudaloso rio quão distinto vem a ser o curso da humana vida.

MOTE
Vás-te, mas tornas a vir,
eu vou, e não torno mais,
nascemos mui desiguais,
hemo-nos de dividir:
em ti tudo é repetir,
vazas, e tornas a encher:
em mim tudo é fenecer,
tudo em mim é acabar,
tudo em mim é sepultar,
finalmente hei de morrer.

Glosa

1
Vás-te refazer no mar
do cabedal, que hás perdido
pela terra divertido,
e és ditoso em o cobrar:
eu não posso restaurar,
nem tampouco conseguir,
o que de mim fiz fugir,
tudo se tem acabado:
tu, em que vais apressado,
Vás-te, mas tornas a vir.

2
O cansaço, e amargura,
que te custa o teu correr,
tornas logo a converter
em leite, mel, e doçura:
eu correndo à sepultura
cada vez me dano mais:
somos muito desiguais
em converter dissabores,
tu te voltas com favores,
Eu vou, e não torno mais.

3
Suposto que sem medida
roubando vás dessa sorte,
nem por isso passas morte,
que dure, ou seja sentida:
eu, enquanto dura a vida,
se cometo absurdos tais,
sem que me valham meus ais,
pago mui pelo miúdo,
o que a morte faz a tudo,
Nascemos mui desiguais.

4
Afogas mil passageiros,
mas tu a ti não te prendes,
antes mais forçoso emprendes
submegir montes, e oiteiros:
eu, se não são verdadeiros
meus passos para a Deus ir,
me encaminho a destruir:
tudo em mim é puro estrago,
diversamente naufrago,
Hemo-nos de dividir.

5
Inda que assim te despenhes,
não vejo não naufragar-te,
antes mais vejo espalhar-te
por campos, vales, e brenhas:
de mim pobre não há senhas,
em chegando a me fundir
não me hei de reproduzir,
antes para meu encanto
fico n'um contino pranto,
Em ti tudo é repetir.

6
Qualquer tronco, que por si
se vê murcho, ou molestado,
este mui regozijado
se arranca, e vai trás de ti:
eu, se culpas cometi,
tudo é chorar, e gemer,
ninguém me dá seu poder,
ando corrido, e feneço,
e tu, enquanto eu padeço,
Vazas, e tornas a encher.

7
És vandoleiro, e pirata
de ramos, flores, e frutos
teus procederes são brutos,
e a ti ninguém te maltrata:
eu, se falta em mim se trata,
e nela chego a morrer,
tudo em mim é padecer,
peno toda a eternidade,
tu tens outra liberdade,
Em mim tudo é fenecer.

8
Tens mui tiranos efeitos
no furor, com que devoras,
e todos todas as horas
te têm notáveis respeitos:
eu, aguardam-me sujeitos
para me mais estragar,
gusanos para me dar
o pago, que hei merecido,
tu vives obedecido,
Tudo em mim é acabar.

9
Vê, quanto tens destruído,
quanto tens desbaratado,
o que tens morto de gado,
de toda a sorte nascido:
mostras-te disso doído?
não: que não tens que penar:
em mim sim tudo é chorar,
tudo em mim é sentir danos,
tudo em mim são desenganos,
Tudo em mim é sepultar.

10
Enfim certamente és rio,
foste mar, mar hás de ser,
mas eu só devo de crer,
que fui, e serei pó frio:
assim creio, assim confio,
nele me hei de converter,
os bichos me hão de comer,
hei de todo acabar,
hei de estreita conta dar
Finalmente hei de morrer.

POESIAS
obsequiosas

112 [343-345]

Louva o Poeta obsequiosamente o grande zelo, e caridade, com que Antônio de Andrade Juiz, que era dos Orfãos desta Cidade da Bahia sendo dispenseiro da Santa Casa de Misericórdia tratava aos pobres doentes do hospital.

Décimas

1
Senhor Antônio de Andrade,
não sei, se vos gabe mais
as franquezas naturais,
ou se a cristã caridade:
toda esta nossa Irmandade,
que a pasmos emudeceis,
vendo as obras, que fazeis,
não sabe decidir não,
se igualais o amor de Irmão,
ou se de Pai o excedeis.

2
Ou, Senhor, vós sois parente
de toda esta enfermaria,
ou vos vem por reta via
ser Pai de todo o doente:
quem vos vê tão diligente,
tão caritativo, e tão
inclinado à compaixão,
dirá de absorto, e pasmado,
que entre tanto mal curado,
só vós fosteis homem são.

3
Aquela mesma piedade,
a que vos move um doente,
vos mostra evidentemente
homem são na qualidade:
de qualquer enfermidade
são aforismos não vãos,
que enfermaram mil Irmãos,
mas se o contrário se alude,
somente a vossa saúde
foi contágio de mil sãos.

4
Quem não sarou desta vez,
fica muito temeroso,
que lhe há de ser mui penoso
acabar-se-vos o mês:
ninguém jamais isto fez,
nem é cousa contingente
o ficar toda esta gente
com perigo tão atroz,
que se acabe o mês a vós,
para mal de outro doente.

113 [346-347]

A certo Poeta moderno que em Pernambuco lhe veio mostrar um passo, que compusera, obséquio feito em nome de certa Pessoa, onde o Poeta se achava hóspede.

Décimas

1
O vosso Passo, Senhor,
premissas, do que aprendestes,
a quem por título destes
os milagres de um favor:
quando o lestes ao Doutor,
vi, que estava tão atento,
que me veio ao pensamento,
que com tal tento o ouvia,
um Doutor da poesia,
porque era o passo um portento.

2
Acabado em conclusão,
e limado ao rigor d'arte
correrá por toda a parte
por obra da vossa mão:
por vosso o conhecerão
em todo o côncavo espaço,
porque só um real braço,
como o vosso vem a ser,
poderá hoje emprender
fazer, e acabar um passo.

114 [347-348]

A um amigo Apadrinhando-lhe a escrava de alcunha a Jacupema, a quem sua Senhora queria castigar pelo furto de um ovo.

Décima

Se acaso furtou, Senhor,
algum ovo a Jacupema,
o fez só, para que gema
c'os pesos do meu amor:
não creio do seu primor,
que furte à sua senhora,
sendo franca, e não avara,
porque para ela campar,
escusa claras comprar,
pois negra val mais que clara.

[348]

A um amigo Pedindo-lhe uma caixa de tabaco.

Décima

Senhor: o vosso tabaco
que muito me ensoberbeça,
se uns fumos lança à cabeça
mais divinos, que os de Baco:
e bem, que nunca em meu caco
entra tão rico alimento,
por isso mesmo eu intento
para meu proveito, e pró,
porque me deis desse pó,
mandar-vos este memento.

116 [349-351]

A Custódio Nunes Daltro, que em casa do Vigário da Madre de Deus o havia curado de uma ciática, que padecia em um quadril com três facas quentes.

Décimas

1
Creio, Senhor Surgião,
que esta dor, que padecia,
era uma grande heresia,
e vós sua inquisição:
dor de tão má condição,
que sendo-lhe o fogo dado
me deixou tão descansado,
creio, pois fogo a curou,
que o meu cu hereticou,
se com razão foi queimado.

2
Se a dor era no quadril,
que me tinha tão cansado,
deixa-me agora o cuidado
do que dirão no Brasil:
entre bocas mais de mil
mais de mil falsos computo,
mas já nisto não disputo,
que diga a gente parleira,
vendo queimar-me a traseira,
que ma queimaram por puto.

3
Mas saiba este povo louco,
porque atrás me não carcoma,
que eu não peco de Sodoma,
nem de Gomorra tampouco:
o Céu, por Juiz invoco,
que este achaque tão iníquo
ganhei desde tamanico,
e agora maior de idade
passou à ventosidade
repassada em mal galico.

4
Achaque fora; esta vez
quem de mim se lastimou,
um bom Português queimou,
por livrar um mal francês:
queimou-me com facas três,
por me tirar a mazela,
e usando a maior cautela
sebo na parte me untou,
e como a quilha ensebou,
me mandou pôr logo à vela.

[351-352]

A Tomás Pinto Brandão queixando-se de uma mula que lhe tinha pegado uma Mulata, a quem dava diversos nomes por disfarce, dizendo umas vezes, que era íngua, e outras quebradura.

Romance

Fábio: essa bizarria,
essa flor, donaire, e gala,
mui mal empregada está
em uma cara caraça.

Sobre ser caraça o rosto,
dizem, que a dita Mulata
de mui dura, e rebatida
tem já o couro couraça.

Item que está muito podre,
e não escusa esta Páscoa
para secar os humores
fazer de salsa salsada.

Não me espanto, que nascessem
tais efeitos de tal causa,
que de Mulata sai mula,
como de mula Mulata.

Um dia dizeis, que é íngua,
no outro, que não é nada,
e eu digo, se não for mula,
que será burra burrada.

Mas direi por vossa honra,
que é quebradura sem falta,
que de cantar, e bailar
mil vezes o talo estala.

Ponde de contra-rutura
um parche na parte inchada
com funda, porque a saúde
fique na funda fundada.

118 [353]

Ao Mesmo estando preso por indústrias de certo Frade: afomentado na prisão por dous Irmãos apelidados o Frisão, e o Chicória em vésporas, que estava o Poeta de ir para Angola.

Soneto

É uma das mais célebres histó-,
A que te fez prender, pobre Tomá-,
Porque todos te fazem degradá-,
Que no nosso idioma é para Angó-.

Ó se quisesse o Padre Santo Antô-,
Que se falsificara este pressá-,
Para ficar corrido este Frisá-,
E moído em salada este Chicó-.

Mas ai! que lá me vem buscar Mati-,
Que nestes casos é peça de lé-;
Adeus, meus camaradas, e ami-.

Que vou levar cavalos a Bengué-,
Mas se vou a cavalo em um navi-,
Servindo vou a El-Rei por mar, e té-.

[354]

A um Fulano da Silva excelente cantor, ou Poeta.

Soneto

Tomas a Lira, Orfeu divino, tá,
A lira larga de vencido, que
Canoros pasmos te prevejo, se
Cadências deste Apolo ouviras cá.

Vivas as pedras nessas brenhas lá
Mover fizeste, mas que é nada vê:
Porque este Apolo em contrapondo o ré,
Deixa em teu canto dissonante o fá.

Bem podes, Orfeu, já por nada dar
A Lira, que nos astros se te pôs
Porque não tinha entre os dous Pólos par.

Pois o Silva Arião da nossa foz
Dessas sereas músicas do mar
Suspende os cantos, e emudece a voz.

[355-356]

Celebra o Poeta a uma graciosa Donzela, e não menos formosa de Marapé chamada Antônia.

Décimas

1
Vi-me, Antônia, ao vosso espelho,
e com tal raiva fiquei,
que não sei, como julguei
por linda, a quem me faz velho:
mas tomei melhor conselho
de então não enraivecer,
que se do sol ao correr
vai murchando o Girassol,
que muito, que o vosso sol
me fizesse envelhecer.

2
O com que mais me admirais,
é, que com tanto arrebol
para vós não sejais sol,
pois sois flor, e não murchais.
Como os passos naturais
do Sol pela esfera pura
mo legam toda a criatura,
e o sol sempre se remoça,
assim mesmo não faz mossa
em si o sol da formosura.

3
Tantos anos Sol sejais,
que com giros soberanos

enchais dos mortais os anos,
e os vossos nunca os enchais:
a todos envelheçais,
como é próprio na oficina
da luz sempre matutina,
sintam do sol as pisadas
as idades mais douradas,
vós sejais sempre menina.

[357-359]

Correspondeu a Moça com um grandioso presente de doces, que na Cajaíba devoraram os amigos do Poeta.

Décimas

1
Para mim, que os versos fiz
de graça, um só doce basta,
mas já sei, que sois de casta
de fazer doces gentis:
e pois a fortuna quis
dar-me em prêmio esta fartura,
pintando uma formosura,
agora por nova empresa
digo da vossa grandeza,
que sois ávida doçura.

2
Veio a frota da Guaíba,
entrou, e tomando terra,
achou duas naus de guerra
de combói té a Cajaíba:
estava eu vendo de riba
o Serigipe famoso,
quando vi com vento airoso
vir entrando pela barra
por cabo Inácio Pissarra,
e por fiscal João Cardoso.

3
Toda a Ilha se alvoroça
adivinhando a fartura,

porque esta vida doçura
já fora esperança nossa:
toda a artilharia grossa,
com que esta terra guardamos,
entre vivas disparamos,
e toda a gente de pé
c'os olhos em Marapé
vi gritar "a ti bradamos."

4
Partiu-se o doce excelente,
em que os presentes têm parte,
que entre ausentes não se parte,
o que veio de presente:
cada um se foi contente
velhos, mancebos, meninos,
e estão em rogos continos
pedindo co'a boca toda,
que o doce façais da boda,
para que sejamos dignos.

 [359-360]

Engrandece o Poeta a Ilha de Gonçalo Dias onde várias vezes foi refugiado, e favorecido do mesmo senhorio.

Soneto

Ó ilha rica, inveja de Cambaia,
Fértil de peixe, frutas, e marisco,
Mais Galegos na praia, do que cisco,
Mais cisco nos Galegos, que na praia.

Tu a todo o Brasil podes dar vaia,
Pois tantos lucros dás a pouco risco:
Tu abundas aos Filhos de Francisco
Picote de cação, burel de arraia.

Tu só em cocos dás à frota o lastro,
Fruita em tonéis, a china às toneladas,
Tu tens a sua carga a teu cuidado.

Se sabe o preclaríssimo Lancastro,
Que tais serviços fazes às armadas,
Creio, que há de fazer de ti um condado

 [360-362]

A uma Menina Filha do mesmo Gonçalo Dias, a cuja disposição fiaram seus Pais o bom agasalho do Poeta, que pagou cento por um com este regalado, e fresquíssimo

Romance

Passei pela Ilha Grande,
onde vi Senhora Cota
tão formosa, que ensinava
as flores a ser formosas.

Tão galharda, e tão luzida,
que ensinava em sua escola
as luzes a ser estrelas,
os astros a ser auroras.

A ser sol o mesmo sol
ensina a boa da Moça,
e quer por bem assombrada,
que o sol luza à sua sombra.

Quis Deus, que fui de passagem,
que fui (digo) ida por volta,
saltei para voltar logo
que aliás raios vão fora.

Raios vão fora, que saem
os raios de Maricota
a ser vida das discretas,
a ser alma das formosas.

Ela me hospedou então,
corri pela sua conta,

que o Pai não disse palavra,
e a Mãe não pôs mãos em cousa.

Deu-me a rapariga uns sonhos
tão ricos como ela própria,
sonhava em me regalar:
não foi mentira, o que sonha.

Visitou-me sua Avó,
que é mui honrada pessoa,
fez-me mil honras por certo,
só quem tem honra, dá honra.

Assim o façam meus Filhos,
como então o fez Macota,
govemo como cem velhas,
presteza como mil moças.

Queira Deus, minha Menina,
queira Deus, Senhora Cota,
que eu dure por tantos anos,
que inda assista a vossas bodas.

Hei de alegrar-me de sorte,
e fazer tanta galhofa,
que, os que à vossa boda assistam,
me tenham por sal da boda.

Vós mereceis, que vos casem
com um Príncipe de Europa,
porque tendes tão bom dote
na cara, como na roupa.

Tende-me na vossa graça,
e tereis em minhas coplas,
se não um grande serviço,
esta pequena lisonja.

124 [363-365]

A Avó desta mesma Moça, a qual mandou os sonhos, que ela deu ao Poeta, como dissemos na obra antecedente, louva agora particularmente o mesmo Poeta.

Décimas

1
Senhora Velha: se é dado,
a quem é vosso valido,
aplicares-lhe o sentido,
ouvi vosso apaixonado:
dá-me notável cuidado
saber, como ides urdindo
um, e outro sonho lindo,
porque me atrevo a dizer,
que para tais sonhos ter,
sempre estivera dormindo.

2
Diz um português rifão
nascido em tempos dos monhos,
que ninguém crea em seus sonhos,
porque sonhos sonhos são:
eu sigo outra opinião,
dês que os vossos sonhos vi,
e tão firmemente os cri;
que se os tenho por verdade,
é, porque na realidade
os masquei, e os engoli.

3
Eu dormira todo o dia,
e a vida desperdiçando
sempre estivera sonhando,
só por sonhar, que os comia:
o sonhar é fantesia
d'alma, que quando descansa
não larga a sua lavrança,
o seu trabalho, e tarefa,
e como a minha alma é trefa,
no que lida, é na papança.

4
Não são sonhos enfadonhos
sonhos tão adocicados,
que em vez de sonhos sonhados
são sempre engolidos sonhos:
outros sonhos há medonhos,
que um homem deixam turbado
depois do sonho acordado:
os vossos tal não farão;
e ao menos me deixaram
mel pelos beiços untados.

 [365-367]

A uma Moça graciosa chamada Brites, de quem já falamos à folha 73 por comer um caju, que vinha para o Poeta.

Décimas

1
Se comestes por regalo,
Brites, o caju vermelho,
tomastes mui mau conselho,
e temo, que heis de amargá-lo:
no pomo há de ter abalo
toda a vossa geração,
pois vós sem comparação
gulosa a Eva excedestes,
quando só por só comestes,
sem dar parte ao vosso Adão.

2
Pôs-vos Deus Eva segunda
nesse novo paraíso,
fiando de vosso siso,
que fosses menos imunda:
vós como mais moribunda,
mais fraca, e mais alfenim
comestes o pomo enfim,
e por lhe meter o dente
não fugistes da serpente,
e andais fugindo de mim.

3
Sinto amarguissimamente,
que visto o vosso pecado

hei de sair condenado,
como se fosse a serpente:
do Vigário era o presente,
e meu o caju do meio,
e assim com razão receio,
que pelo vosso pecar,
hei de sair a arrastar,
como a serpente lhe veio.

4
Eu não vos persuadi,
para haveres de o comer,
que Deusa havíeis de ser,
pois Deusa sempre vos vi:
mas vendo o caju rubi,
gulosa, e arremessada
lhe fostes dar a dentada,
e diz a lei com a glosa,
que pois fostes a gulosa,
haveis de ser arrastada.

[367-369]

A Três Irmãs formosas Damas pardas, que moravam no Areial.

Romance

Ontem vi no Areial
a trindade das formosas,
que consta de uma beleza
repartida em três pessoas.

Três Irmãs Ana, Leonor,
e a discreta Maricota,
três pessoas tão distintas
e uma beleza entre todas.

Três pessoas, e uma só
beleza a trindade soa,
unidade em formosura,
sendo a trindade das moças.

Mas eu com sua licença
quisera escolher de todas
Maricas por mais discreta,
já que não por mais formosa.

Por mais formosa também
escolhera a Maricota,
que a ventagem da beleza
está no olhar de quem olha.

Não consiste em realidade
a beleza de uma moça,

consiste na inclinação,
de quem dela se enamora.

Eu como tão inclinado
aos olhos de Maricota
com licença das Irmãs
a escolho por mais formosa.

Os olhos se vão às mais,
e o coração pede outra,
e o dividir a trindade
é d'almas pouco devotas.

Mas em tal perplexidade,
e em tal pena, em tal afronta,
há de fazer a eleição
o que disser essa copla.

Décima
Dá-me Amor a escolher
de duas uma devota,
Leonor, ou Maricota,
e eu me não sei resolver:
se me hei de vir a perder
pela minha inclinação
tomando uma, e outra não,
quero, que me dê Amor
Maricota, e Leonor,
por não errar na eleição.

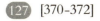 [370-372]

A Duas Irmãs também pardas de igual formosura.

Décimas

1
Altercaram-se em questão
Teresa com Mariquita
sobre qual é mais bonita,
se Teresa, se Assunção:
eu tomo por conclusão
nesta questão altercada,
que Assunção é mais rasgada,
e Teresa mais sisuda,
e se houver, quem a sacuda,
verá a conclusão provada.

2
Se Teresa é mui bonita
Mulata guapa, e bizarra,
com mui bom ar se desgarra
a mestiça Mariquita:
ninguém a uma, e outra quita
serem lindíssimas ambas,
e o Cupido, que d'entrambas
quiser escolher a sua,
escolha, vendo-as na rua,
que eu para mim quero ambas.

3
As Putas desta cidade,
ainda as que são mais belas,

não são nada diante delas,
são bazófia da beldade:
são patarata em verdade,
se há verdade em pataratas,
porque Brancas, e Mulatas,
Mestiças, Cabras, e Angolas
são azeviche em parolas,
e as duas são duas pratas.

4
Jamais amanhece o dia,
porque sai a Aurora bela,
senão porque na janela
se põem Teresa, e Maria:
uma manhã, em que ardia
o sol em luzes divinas,
pelas horas matutinas
eu vi Teresa assistir,
ensinando-a a luzir
como mestra das meninas.

[372-374]

A uma Dama Fulana de Mendonça Furtado, com quem foi o Poeta achado por sua Mulher.

Décimas

1
Rifão é justificado
desde o Índio ao Etiópio,
que sabendo muito o próprio,
muito mais sabe o furtado:
eu deste engodo levado,
que desde menino ouvia,
forçado da simpatia,
ou da minha ardente chama,
a furto da própria Dama,
a vossa nata comia.

2
Comendo uma, e outra vez
da nata, que Amor cobiça,
o demo, que tudo atiça,
descobriu tudo, o que fez:
deu-me a Dama tal revés,
tal repúdio, e tal baldão,
sabendo a minha traição,
como é de crer de uma Dama,
que me achou na vossa cama
c'o mesmo furto na mão.

3
Não tive, que lhe alegar,
ou que dar-lhe por desculpa,

que quem tem gosto na culpa,
o perde em se desculpar:
não consiste o meu pesar
em perder esta mulher,
sinto, Senhora, o perder
junto com a vossa afeição
uma, e outra ocasião
de torná-la a ofender.

4
Mas se a ocasião deixei,
como não me deixa amor!
Não vos gozarei traidor,
e fiel vos gozarei:
até agora vos lograi
com susto, que acabou já,
agora vos logrará
amor sem susto, e cuidado,
e quando não for furtado,
gosto, Mendonça, será.

[374-375]

A uma Dama gratificando-lhe o favor, que por sua intercessão alcançara.

Décimas

1
Quem tal poderia obrar,
se não vossa perfeição,
beijo-vos, Senhora, a mão,
por tal favor alcançar:
e para graças vos dar,
é bem, que obséquio vos faça,
que quem só sobe com graça
ao trono de merecer,
é bom, que eu venha a dizer,
que é toda cheia de graça.

2
Não tenho, que encarecer,
o quanto estou obrigado,
que, o que me dá vosso agrado,
é digno de agradecer:
pois ninguém pode fazer
o que quer meu coração,
senão que a vossa afeição
quis na mão levar a palma,
do que rendido a minha alma
vos beija a palma da mão.

130 [375-378]

A uma Dama que por um vidro de água tirava o sol da cabeça.

Décimas

1
Qual encontra na luz pura
a Mariposa desmaios,
tal de Clóri sente a raios
assaltos a formosura:
remédio a seu mal procura,
mas com ser a doença clara,
já eu lha dificultara,
temendo em tanto arrebol,
que tirar da testa o sol,
lhe custa os olhos da cara.

2
Posto que o sol não resista,
temo, que ali não faleça,
porque se ofende a cabeça,
nunca desalenta a vista:
nesta pois de ardor conquista
vejo a Clóri perigar,
pois querendo porfiar,
das duas uma há de ser,
ou não há de ao sol vencer,
ou sem vista há de ficar.

3
Mas Clóri assim achacada
que está, é cousa sabida,

menos do sol ofendida,
que da lua perturbada:
que esteja Clóri aluada,
é inferência comua,
pois se ao sol da fonte sua
perturbam nuvens de ardores,
quando ao sol sobem vapores,
é nas mudanças da lua.

4
Se Clóri se persuadira,
que só da lua enfermara,
da cabeça não curara,
mas aos pés logo acudira:
se o calor porém lhe inspira,
que o seu mal todo é calor,
pois o maior ao menor
por razão deve prostrar,
para as do sol sepultar,
procure as chamas do amor.

5
Mas se as do fogo não quer,
bem se val das armas d'água,
que só pode em tanta frágua
tanto vidro alívio ser:
nele o mal remédio ter,
o mesmo sol o assegura,
que se nas águas procura
em seus ardores abrigo,
quem tem em cristal jazigo,
acha em vidros sepultura.

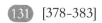 [378-383]

A Henrique da Cunha desenfado do Poeta por insigne mentiroso, chegando da Itapema à Cajaíba.

Romance

Senhor Henrique da Cunha,
vós, que sois na Itapema
conhecido pelo brio,
graça, garbo, e gentileza:

Vós, que donde quer que estais,
todo o mundo se vos chega
a escutar a muita graça,
que vos chove à boca cheia:

Vós, que partindo de casa
ou seja a remo, ou à vela,
bem que venhas sem velame,
vindes fiado na verga.

E apenas tendes chegado
a esta Cajaíba amena,
logo São Francisco o sabe,
logo Apolônia se enfeita.

Logo chovem os recados,
logo a canoa se apresta,
logo vai, e logo encalha,
logo toma, e logo chega.

Logo vós a conduzis
para a casa das galhetas,
onde o melado se adoça,
onde a garapa se azeda.

Entra ela, entrai vós também,
assenta-se, e vós com ela,
e assentada lhe brindais
à saúde da fodenga.

Vós, mas basta tanto vós,
se bem que a Musa burlesca
anda tão desentoada,
que já não canta, vozea.

Às vossas palavras vamos,
vamos às vossas promessas,
que com serem infinitas,
não são mais que as minhas queixas.

Prometeste-me há dous anos
de fazer-me aquela entrega
da viúva de Nain,
que hoje é glória da Itapema.

Não me mandastes combói,
necessária diligência
para um triste, que não sabe
nem caminho, nem carreira.

Tão penoso desde entonces
fiquei com tamanha perda,
que ou a pena há de acabar-me,
ou há de acabar-me a pena.

Mas inda assim eu confio
na Senhora Dona Tecla,
que nas dez varas de Holanda
hei de amortalhar a pena.

Disse amortalhar? mal disse,
melhor ressurgir dissera,
que em capela tal ressurge
a mais defunta potência.

Vós me tirastes do ganho,
sois meu amigo, paciência:
por isso diz o rifão,
que o maior amigo a prega.

Se vós soubestes lográ-la,
que sois com suma destreza
grande jogador de porra
pela branca, e pela preta.

Jogais a negra, e a branca,
e tudo na escola mesma,
bem haja a escrava, a senhora,
que uma d'outra se não zela.

Esta é a queixa passada,
porém a presente queixa
é, que a todos os amigos
mandastes mimos da terra.

A uns peças de piaçaba,
fizestes a outros peça,
eu já essa peça tomara
por ter de vós uma prenda.

Enviai-me alguma cousa,
mais que seja um pau de lenha,
terei um pau para os cães,
que é, o que há na nossa terra.

Lembre-vos vosso compadre,
que o tal Duarte de Almeida
co'a obra parou, enquanto
a piaçaba não chega.

Mandai-me uma melancia,
que ainda que é fruta velha,
não importa o ser passada,
como de presente venha.

Mandai-me um par de tipoias,
das que se fazem na terra
a dous cruzados cada uma,
que eu mandarei a moeda.

Mandai-me sem zombaria,
que eu vo-lo peço deveras,
porque eu não peço de graça,
quanto a dinheiro se venda.

Mandai boas novas vossas,
em que vos sirva, e obedeça,
que como vosso cativo
irei por mar, e por terra.

Mandai-me novas da Mãe,
das Filhas muitas novelas,
pois em fazê-las excedem
Cervantes, e outros Poetas.

E perdoai disparates,
de quem tanto vos venera,
que por em tudo imitar-vos,
vos quer seguir na fodenga.

 [383-385]

Regra de bem viver, que a persuasões de alguns amigos deu a uns Noivos, que se casavam. Regra para a Noiva.

Silva

Será primeiramente ela obrigada,
Enquanto não falar, estar calada:
Item por nenhum caso mais se meta
A romper fechaduras da gaveta,
Salvo, se por temer algum agouro,
Quiser tirar de dentro a prata, e ouro.

Lembre-se de ensaboar, quem a recrea,
Porém não há de ser de volta, e meia,
E para parecer mulher, que poupa,

Não se descuide em remendar-lhe a roupa,
Mas porém advertindo, que há de ser,
Quando ele de raiva a não romper,
Que levar merecia muito açoite
Por essa, que rompeu onte onte a noite
Furioso, e irado
Diante de seu Pai, e seu Cunhado,
Que esteve em se romper com tal azar.
E eu em pontos também de me rasgar.

Irá mui poucas vezes à janela,
Mas as mais que puder irá à panela:
Ponha-se na almofada até o jantar,
E tanto há de cozer, como há de assar:

Faça-lhe um bocadinho mui caseiro,
Porém podendo ser, coma primeiro,
E ainda que o veja pequenino,
Não lhe dê de comer como a menino.

Quando vier de fora, vá-se a ele,
E faça por se unir pele com pele,
Mas em lhe dando a sua doencinha,
De carreira se vá para a cozinha,
E mande a Madalena com fervor
Pedir à sua Mãe água-de-flor;
Isto deve observar sem mais propostas,
Se quiser a saúde para as costas.

Isto deve fazer,
Se com o bem casado quer viver;
E se a regra seguir,
Cobrará boa fama por dormir,
Na qual interessado muito vai
Seu Cunhado, seu Pai, e sua Mãe.
E adeus, que mais não posso, ou mais não pude;
Ninguém grite, chitom, e haja saúde.

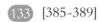 [385-389]

Dote para o Noivo sustentar os encargos da casa.

Uma casa para morar	de botões
Com seu quintal	de ferro
Um leito	de carro
Uma cama	de bobas
Com seus lençóis	de Itapoã
Suas cortinas	de muro
Um vestido de seda	de cavalo
Com seus botões	de fogo
Um guarda-pé	de topadas
Um vaqueiro	do sertão
Dous gibões	de açoutes
Um com mangas	de mosquetaria
Outro com mangas	de rede
Uma saia	de malha
Outra saia	de dentro a fora
Uma cinta	de desgostos
Um manto de fumo	de chaminé
Dous pares de meias	canadas
Uns sapatos	de pilar.

Roupa branca

Duas camisas	de enforcado
Arrendadas com as rendas	do vende peso
Duas fraldas	da serra
Dous lenços de caça	do mato
Dous guardanapos	de cutilaria
Para a mais roupa duas peças de pano	do rosto.

Trastes de casa

Uma caixa grande	de guerra
Outra meã	de muchachins
E outra pequenina	de óculos
Dous contadores da Índia	Manuel de Faria e Sousa, e Fernão Mendes Pinto
Duas cadeiras	do espinhaço
Uma cadeira para o estrado	de navio
Dous caixões	de fervura
Uma armação fresca para	
A cama	de xaréus
Um espelho	de viola.

Peças de ouro

Uns brincos para as orelhas	de junco
Dous cordões para o pescoço	de franciscanos
Duas manilhas para os braços	de copas, e espadas
Quatro memórias para os dedos	da Morte
Do Inferno, do Paraíso, e outra de Galo.	
Dous anéis para os dedos	de espingarda um
E o outro	de água.

Peças de serviço oito

O Canário, o Cãozinho, o Pandalunga, o vilão,
O Guandu, o Cubango, a Espanholeta, e um
Valente negro em Flandes.

Para chamar estes negros	
Uma campainha	na garganta
Dão-lhe mais duas toalhas	de arrenegado
Uma salva	de artilharia

Para se alumiar duas velas   de gávea
Para rezar umas contas   de quebrados
Para sair fora uma rede   de arrasto
E para a limpeza um servidor   de V.M.

Comestivos

Carneiro   de sepultura
Picado   de bexigas
Tortas   de um olho
Pastéis   de estrada
Almôndegas   de capim.

Fruitas

Figos   fêmeas
Limas   surdas
Maçãs   de espada, e escaravelho.

Para os dias de peixe

Caldo   de grãos
Agulhas   de osso
Lampreas   de termo.

Doces

Morgados   sem renda
Marmelada   de caroço
Cidrão   de pé de muro
E muitos doces   afagos.

Para seus sentimentos

Uma quinta   feira
Com duas fontes   nos braços
E para os gastos   500 selos na fralda.

Estas Obras
suposto andem
em nome do Poeta,
contudo não são suas,
porque esta é
de João de Brito Lima,
e as mais seguintes
de Tomás Pinto Brandão,
e por essa causa vão fora de seu lugar.

134 [390-401]

Metáfora interlocutória de dous Pescadores Danteu, e Lauriano, dando um a outro novas da cidade.

Décimas

1

Dant. É bem, que em prazer se mude,
o que foi penalidade;
que novas há da cidade?
Como vindes de saúde?
Laur. Bem venho, assim Deus me ajude;
e vós como estais Danteu?
Dant. Muito mal, amigo meu,
que não há, quem se não queixe:
as redes não matam peixe,
tem-no escondido Proteu.

2

Inda que isso não me importe,
sequer por curiosidade
dai-me novas da cidade,
e das que ouvistes da corte:
cá dizem por este norte,
manda El-Rei nosso Senhor
mudar o Governador;
queira Deus, o demo o tome,
este, que conserva a fome,
e nos venha outro melhor.

Antônio Luís

3

Quem teve a culpa primeiro
de levantar-se a farinha?

Laur.	Quem achou, que lhe convinha, porque lhe deram dinheiro: um João de couros carneiro com outros desta facção, João Pereira, e o capitão da Guarda, que hoje preside, nestes todos se divide com igual repartição.

4
Dant.	Este Couvinhos não quer senão ser entremetido.
Laur.	Está aqui introduzido, fará tudo, o que quiser: mas eu espero de o ver inda este vil patifão morto como seu Irmão enforcado de regente, não como traidor somente, mas como traidor Ladrão.

5
Dant.	Que tem passado em rigor o sucesso desestrado do Sobrinho do Prelado?
Laur.	Já passea o matador.
Dant.	Tem de casa o Regedor, que quer levar tudo ao cabo.
Laur.	O bom juízo lhe gabo.
Dant.	E a justiça?
Laur.	Que há de obrar? não vedes para o livrar, que bicho lhe cai ao rabo?

6

Dant. Esse moço é dos valentes.
Laur. Nunca foi tal em seus dias;
mas hoje faz valentias,
porque tem as costas quentes.
Dant. Em sendo daqui ausentes
ele, e quem por Amo invoca,
não os verão abrir boca,
e eu tenho por certo abuso,
que há de ir ao Amo confuso,
quando o Moço aviste a Roca.

7

Vistes ao Governador,
é feio, ou é gentil-homem?
Laur. Não me faleis nesse homem,
que eu não vi cousa peior;
a qualquer murmurador
falar nele faz fastio.
Dant. Ora pintai-me o feitio,
que o quero ver retratado.
Laur. Viste um gentio pintado?
pois é pintado um gentio.

8

Na aparência não se afasta
do gentil sangue, que alcança,
e por isso a semelhança
o faz puxar a esta casta:
Dant. Ora do governo basta;
Que novas há mais por lá?
Laur. O Pita é coronel já.
Dant. Na verdade não me espanto,
o fizesse subir tanto
a ida de Parnaguá.

9

Desse fidalgo me dai
Notícia, que é bom jumento.
Inda falta no instrumento
da Mãe, sem falar no Pai?
Dizei-me se acaso sai
fora, como se aparelha.
Inda faz a sobrancelha?
Põe cor no rosto encarnada?
Laur. Por mais que ponha, já nada
lhe faz a face vermelha.

10

Dant. Se houver nova povoação
de alguma deserta terra,
esse moço há de ir à guerra?
Laur. Como foi n'outra ocasião,
que se ele faltou então
por ter a Mãe dele dó
sendo solteiro, mais só,
como há de ir hoje, que logra
Mãe, e Tio, sogro, e Sogra,
Mulher, Filhos, mais Avó.

11

Dant. Eu vos afirmo, e prometo,
não fosse ele coronel,
nem tambor, nem furriel,
se governasse o Barreto:
porque como era tão reto,
nem que o Tio lho pedira,
em tal nunca consentira,
porque outra vez não chorasse
a Mãe, porque o não mandasse,
nem mais nunca o perseguira.

12
Laur. Por certo que merecia
esse coronel cupido
que tivesse o seu partido
entre as Putas da Bahia:
Dant. Mais nada não serviria
com boa reputação,
porque já n'outra ocasião
claramente vimos nós,
que Betica, e a Mãe o pôs
um retrato de Sonsão.

13
Já que em Betica falamos,
como está com seu André?
Laur. Qual deles?
Dant. Aquele, que é
por duas vezes cavalo.
Laur. Tem-lhe dado tanto abalo,
para que ninguém lha tome,
que não sossega, nem come;
e eu creio do seu talento
mostrar ter o entendimento,
do que tem por sobrenome.

14
Dant. O Capitão Engenheiro
isso leva com bom siso?
Laur. Esse Moço tem juízo
para campar no Terreiro;
a Betica o seu dinheiro
deu, que é tão grande alimária
mas vendo, que à perdulária
nem ele lhe dava abalo,
nem à fartura um cavalo,
a deixou pela Natária.

15

Dant. Mui bem empregado está
em tal Dama o seu amor.
Laur. Se vai de mal em peior,
peior mulher a não há.
Dant. E todavia é tão má?
Laur. Não a tem peior o mapa,
nem debaixo de azul capa
pode haver mais sujo trapo
porém nunca falta um sapo,
para semelhante sapa.

16

Dant. Ai que o melhor me esquecia,
tenho o juízo fantástico.
Como vai o Eclesiástico?
Como passa a Fradaria?
Laur. Nos clérigos da Bahia
não falta ninguém ousado,
que creio, tem dispensado
o Papa, que possa ter
cada qual deles mulher,
e qualquer é já casado.

17

Senão vejamos o Porto,
onde está sempre uma lancha;
a este também se arrancha
o cônego de pé torto:
para essa função exorto
outros, que ocultos mantêm,
que dizê-los não convém
por respeito, ou dignidade,
ou por supor em verdade,
que já algum a não tem.

18
Dant.   Os Bentos?
Laur.   Tem lindos modos
quase todos em geral,
exceto o Provincial,
que é muito peior que todos:
hão de me faltar apodos
para apodar tais maganos:
não fiquem os Franciscanos
desonra dos Religiosos,
atrevidos patifões,
cheios de vícios mundanos.

19
Aqui frisava o Frisão,
pois dentro daquele vulto
tanto vício tem oculto,
quanto ele é patifão:
o Chicória seu Irmão
também se lhe não agacha;
com estes o Jardim se acha,
e se reparo fizeres
nestes homens, e mulheres
tiram todos acha, e facha.

20
Dant.   Os postos de Infantaria?
Laur.   Vem providos.
Dant.   Em que gente?
Laur.   Mestre de Campo o Tenente:
o Lima da artilharia.
Dant.   Sabe-se já quem viria
provido a sargento-mor?
Laur.   O maior enredador,
que tem toda esta cidade,

       com capa de santidade
       faz, o que quer o traidor.

21
Dant. Mil hábitos, por dinheiro
       me dizem, que se tem visto.
Laur. Pelos hábitos de Cristo
       se conhecem canastreiros:
       Barroso, e seus companheiros,
       saia o meu Perico à balha,
       que no Carmo se agasalha
       mais ligeiro do que um galgo,
       por se introduzir fidalgo,
       sendo como a mais canalha.

22
Graças a Deus estou dando,
que nesta terra maldita
há de ter um Tatão dita,
e um Gaspar Soares mando,
para andar atropelando
muitos, que desacomodam,
e campando, o ouro rodam,
com ver, pois tem por estudo,
os que dormem para tudo,
e nas despesas acordam.

23
Dant. A Bahia está acabada,
       pelas novas, que me dais.
Laur. Se disso vos espantais,
       a vista do mais é nada:
       nesta cidade malvada
       não vivem mais que embusteiros,
       Mariolas, canastreiros,

aduladores, ladrões,
degradados, maganões,
velhacos, alcoviteiros.

24

Dant. Bem haja, quem vive fora
de Labirinto tão grande
sem se lhe dar, de que ande
tudo, como vejo agora:
Ficai-vos, amigo, embora
até a frota, que vem,
que recolher-me convém,
antes que por estas trovas,
em que dou tão tristes novas,
me não dêm boas também.

135 [402-407]

À Posse que tomou da companhia João Gonçalves da Câmara Coutinho Filho do Governador Antônio Luís da Câmara Coutinho em dia de São João Batista, assistindo-lhe de Sargento seu Tio Dom João de Alencastre que tinha vindo de governar Angola, estando o Autor Tomás Pinto preso.

Décimas

1
Mil anos há, que não verso,
porque há mais de mil, que brado,
vendo-me tão mal versado,
dos que me fazem preverso:
eu se falo, sou adverso,
se me calo, sou peior;
advirta pois o leitor,
que entre calar, e dizer,
se, o que fui, sempre hei de ser,
eu falo, seja o que for.

2
Do bélico, e musal polo
venham quatro mil Pegasos,
quatro montes de Parnasos,
quatro novenas de Apolo:
no centro do meu miolo
formem uma plataforma,
que se acaso se reforma
deste meu plectro a miséria,
se o esquadrão é matéria,
eu hei de falar em forma.

3
Toca arma de parte à parte,
mostre o capitão brioso
o espírito belicoso
nas galhardias de Marte:
por natureza, e por arte
veja sua senhoria
os grandes da Infantaria
quão luzidamente todos
por lhe usurparem os modos
vão em sua companhia.

4
Alto: que se não me engano,
vejo o terror espantoso
do Etíope fervoroso,
e pasmo do Americano:
guarda: que no estilo lhano
metido entre a márcia gente
vão matando de repente:
ei-lo vem mui radiante
com escamas de galante
entre guelras de valente.

5
Vou marchando com louvor,
porque gosto neste estado
de ver, que o maior soldado
monta a Sargento maior:
tanto me alenta o fervor
deste famoso Alencastro,
que creio, que algum bom astro
o conduziu à Bahia
Castro além da fidalguia
Sargento do melhor castro.

6
O Ajudante não me abala
ser ao terço velho oposto,
que já nele o vi com posto,
e adornado com bengala:
quando o peito põe à bala
peleja com tanto engenho,
que a aqueles, que com desenho
o investem a todo o trote,
sutilmente dá garrote,
se não mata com empenho.

7
Toda história não aponta,
que tenham parelha igual,
um não sabe, quanto val,
nem est'outro quanto monta:
um, do que sabe, deu conta,
e sabe a conta, que deu;
porém admirei-me eu,
vendo, que aquele, e aquel'outro
não se correndo um do outro,
hoje um com outro correu.

8
Muito hei sentido não ter
o Monteiro aqui entrado,
pois é o homem de agrado,
que só me soube prender:
o Matias a exercer
supera o melhor centúrio,
mas nenhum ficou expúrio
de contender nesta parte,
quando Matias com arte,
e o Monteiro com Mercúrio.

9
Vejo ali um emplumado,
que no granjear decoro
me parece homem de foro,
se não é desaforado:
em quem é, já tenho dado,
que o conheci pelo pico;
venha embora, meu Perico,
como queda allá El-Rei?
eu com saúde o deixei
alegre de João, e Chico.

10
Para glória dos vindouros
soprai, Senhora Talia,
à nova sargentearia
do famoso João de couros:
ei-lo vai entre os estouros
formando merecimentos,
tanto, que a sussurros lentos
lhe chamam os capitães
Sargento dos Escrivães,
Sendo Escrivão dos Sargentos.

11
Alterou tanto a função
com a tenda da campanha,
que era força haver façanha,
onde sobrava razão:
deu ao Povo um alegrão
na pipa da cortesia,
além da muita alegria
fez os pedestres crescer,
porque a pipa veio a ser
o ramo da companhia.

12

Tão sonoramente soa
de João a tarde bela
que de João a capela
serve a João de coroa:
quando um cala, o outro atroa,
este corre, aquele cansa,
e até quis entrar na dança,
como entrou, certo Mamão
se eu neste São João
não pude fazer mudança.

136 [408-409]

Ao Capitão da Guarda Luís Ferreira de Noronha lhe dá os agradecimentos Tomás Pinto Brandão de o livrar da prisão, em que estava.

Décimas

1
Já que nas minhas tragédias
quereis desligar-me os laços,
quero louvar-vos os passos
a títulos de comédias:
e assim já soltando as rédeas
ao Pégaso Aganipano,
quero sem visões de engano
representar à Bahia,
lo que puede la porfia
del capitán Lusitano.

2
Se a mão me viestes dar
para da prisão me erguer,
foi este baque a meu ver
cair para levantar:
os olhos hei de quebrar,
a quem na prisão me pôs,
e por pagar-vos a vós
o benefício rendido,
dou de ser agradecido
El juramiento ante Dios.

3
Para em título meter
ao nosso amigo Honoratos,

seja o passo de Pilatos
pois outro no puede ser:
porfiar hasta vencer
quero pelo ser vencido,
e juntamente abatido
este Fidalgo barbado
por força há de ser chamado
El Privado perseguido.

137 [410-414]

Mandou este mesmo Autor estando preso pedir uma esmola a certo cavalheiro desta terra.

Texto
Deste inferno dos viventes
desta masmorra infernal,
deste lugar dos percitos,
em que assisto por meu mal,
vos mando, Senhor, pedir
pelo alto sacramento
o socorro de uma esmola
para ajuda do sustento.

Glosa

1
Se quem sabe, o que é amor,
e quem sabe, o que é render-se
é fácil compadecer-se,
de quem padece um rigor,
do mesmo modo, Senhor,
se dói das penas urgentes,
de quem ao som das correntes
faz sua aflição notória,
ao escrever a sua história
Deste inferno dos viventes.

2
Eu pois, que sem intervalo
nas penas, em que tropeço,
calo tudo, o que padeço,

padeço tudo, o que calo,
por dar a meu mal abalo
com estilo artificial
vos quero contar meu mal
desta lôbrega prisão,
deste caos de escuridão,
Desta masmorra infernal.

3
Quero contar-vos a história
da minha tão triste vida,
mais falada, que sabida,
mais pública, que notória:
quero, que tenhais a glória
de saber dos requisitos
de meus sentidos aflitos,
que há tanto, que eu sei sentir,
se glória pode sair
Deste lugar dos percitos.

4
Neste lugar, onde estou
por decreto da desgraça,
a glória efeito da graça
jamais se comunicou:
mas quem sempre vos amou
com afeto tão leal,
tirará gosto imortal
de seu pesar mais interno,
e a glória do mesmo inferno,
Em que assisto por meu mal.

5
Mas pois de um pobre lugar,
onde a mesma natureza,

o que produz, é tristeza,
o que alimenta, é pesar,
não pode um pobre mandar
senão meios de afligir;
vós deveis-vos persuadir,
que entre tanto desprazer,
se vos não mando oferecer,
vos mando, Senhor, pedir.

6
Peço-vos por ter suposto
de um fidalgo coração,
que quem de dar dá ocasião,
esse lhe dá maior gosto:
mas não só no pressuposto
da nobreza, e do talento
vai fundado o meu intento,
pelo qual mando rogar-vos,
senão por mais obrigar-vos,
Pelo alto Sacramento.

7
Desta petição vão sós
dous pontos ao mesmo fim,
uma esmola para mim,
uma glória para vós:
pois é igual entre nós
um fim, que a ambos consola,
e o nobre mais se acrisola,
quando ao pobre socorreis,
espero, que me mandeis
O socorro de uma esmola.

ÍNDICE
Dos Assuntos que se contêm neste livro

Clérigos

Décima. Aos Capitulares daquele tempo folha 1
Soneto. Aos Missionários que corriam a via sacra 2
Décimas. Ao Cura da Sé 3
Décimas. À Briga, que teve certo Vigário da Vila de São
Francisco com um Ourives 7
Silva. A outro, com quem se amotinaram os fregueses 10
Décimas. Ao vice-vigário Antônio Marques 13
Décimas. Que fez certa Pessoa de autoridade
ao Poeta em nome do Padre Lourenço Ribeiro 17
Décimas. Ao Padre Lourenço Ribeiro 27
Décimas. Despique do dito Vigário ofendido 33 (32)
Soneto (Romance). Ao Padre Dâmaso da Silva 44
Romance. Retrato ao mesmo Padre 49
Soneto. Ao mesmo 53
Soneto. Ao mesmo 54
Décimas. A certo clérigo, que tinha duas amásias 55
Décimas. Ao Padre Manuel Álvares capelão de
Marapé acerca da pedrada que deram no Poeta
estando-se provendo 60
Décimas. Satiriza agora o Poeta o dito Padre 63
Décimas. Ao Padre Manuel Domingues Loureiro 66
Décimas. Ao Vigário da Madre de Deus
indo lá três clérigos pelo Natal 70
Soneto. Aos mesmos Clérigos 72
Décimas. Ao mesmo Vigário dando-lhe uma Moça
chamada Brites uma flor 73

Frades

Soneto. À Morte do Padre Antônio Vieira 77
Soneto. A Frei Pascoal sendo Abade das Brotas,
hospedando Dona Ângela 78
Décimas. À sagacidade com que este Frade fez
prender a Tomás Pinto 79

Décimas. A certo Provincial pregando o mandato em termos ridículos... 85
Soneto. A Frei Tomás pregando um sermão em termos lacônicos.. 87
Mote. Que lhe deu um amigo do tal Frade para glosar em louvor de sua prédica 88
Mote. Ao mesmo vencendo certa oposição...................... 90
Décimas. Ao mesmo desdenhando uma ação de Gonçalo Ravasco 93
Décimas. A certo Frade, que tratava com uma Mulata por nome Vicência ....(s.n.) (96)
Liras. Ao Mesmo por se jactar, que tinha três partes boa voz, boa cara, bom badalo.. 98
Décimas. Ao Mesmo 102
Silva. A Frei Lourenço tendo picado ao Poeta 105
Décimas. A outro, a quem uma Moça mandou uma panela de merda..108
Décimas. A um Frade, a quem em uma grade de Freiras pediram o hábito 112
Décimas. A outro, que furtou um cabrito........................119
Décimas. A outro, que pregando muito mal na Madre de Deus foi apedrejado..122
Décimas. A um que foi achado com Joana Gafeira entre o bananal 128
Décimas. A outro que foi achado com uma negra por seu amigo 132
Décimas. Ao geral que deram uns Frades à Mulata Babu 135
Décimas. A outro que estando dormindo uma fêmea lhe saíram os lundus 138
Décimas. A uns Frades, que passando por certa parte pedindo esmola, deu uma fêmea um peido 143
Liras. Às porcarias de um Frade em matérias amorosas, e contra umas Moças da folha 145
Soneto. A um Sermão de Justiça......................................150

Décimas. À burla, que fizeram a Frei Miguel Novelos com uma patente falsa..151
Décimas. A uma Dama, que pediu a um Frade 15 mil réis para tirar umas argolas..153
Décimas. A um Frade que estando com uma Freira na grade se borrou 157

Freiras

Soneto. À Morte de Dona Feliciana..............................161
Décimas. A três Irmãs Freiras.......................................162
Soneto. A Dona Caterina sendo Porteira 168
Soneto. À mesma..169
Décimas. A uma Freira, a que outras lhe molharam o toucado 165
Soneto. À outra, a quem pegou fogo na cama 170
Soneto. Queixa-se uma de não tornar a ver o Poeta tendo-o visto uma vez 171
Soneto. A uma que lhe apareceu ricamente vestida 172
Décima. A uma que em certa festa botaram a voar uns passarinhos...173
Romance. A dona Marta de Cristo...............................174
Décimas. Às Fundadoras, que vieram de Évora..............176
Décimas. Às mesmas escrespando a Frei Tomás................180
Quintilhas. A Dona Mariana dizendo o Poeta que se chamava Urtiga...184
Soneto. À mesma..187
Décima. À mesma 188
Romance. À mesma ouvindo cantar 189
Décimas. À mesma mandando-lhe uns doces 193
Soneto. Ao mesmo ....(195)
Soneto. À outra, que estranhou o Poeta satirizar ao Padre Dâmaso 196
Décimas. A uma, que impediu outra mandar-lhe um vermelho 197

Décima. À outra chamando ao Poeta Pica-flor 200
Décimas. À outra que lhe mandou em dia dos finados um cará 201
Décimas. À outra que lhe mandou a metade de um chouriço de sangue 204
Décimas. Definição do Príapo. .... (208)

Descrições

Décimas. A uma jornada, que fez ao Rio Vermelho 215
Décimas. Segunda função que fez 225
Décimas. A uma caçada de uma porca 228
Décimas. Ao perigo em que o pôs uma vaca na Madre de Deus 236
Romance. Função dos cajus 242
Romance. Viagem dos Argonautas 245
Décimas. A uma cavalhada, que fizeram na Cajaíba 250
Décimas. A umas comédias que também fizeram 256
Décimas. À outra que fizeram à festa do emparo 260
Décimas. À Borracheira das Mulatas nesta festa 263
Décimas. À outra semelhante na da Guadalupe 269
Chançoneta. À Jocosidade com que bailam o Paturi 277
Décimas. A uma boca larga 278
Décimas. A uma Dama corcovada 281
Romance. Ao que lhe aconteceu indo ao Rio Vermelho com a vista de uma Dama 284
Romance. Retrato de uma Dama em metafórica doutrina de um Papagaio 286
Romance. Outro pelos naipes da baralha 289
Soneto. Descrição da Bahia 291
Soneto. À vida escolástica 292
Décimas. A uma procissão, que faziam em Viana 293
Soneto. À Ilha de Itaparica... 296
Soneto. Ao Festejo do Entrudo 297
Romance. À Peste, que padeceu a Bahia da Bicha 298

Romance. Descrição das misérias de Angola..................305
Soneto. Ao mesmo..313
Romance. Ao levantamento dos soldados em Angola......314
Soneto. A um horroroso dia de trovões...........................318
Soneto. À cidade do Recife..319
Soneto. À Procissão de cinza em Pernambuco.................320

Tristes

Romance. Consulta o Poeta a soledade dos montes........321
Mote. Considera o erro de ausentar-se de sua casa..........322
Soneto. Queixa-se que a um triste nunca lhe faltem penas..324
Mote. Chora um pensamento oculto................................325
Mote. Receia temeroso as quebras de um bem...............328
Mote. Ao mesmo assunto...330
Mote. Ao mesmo..332
Soneto. Chora um perdido bem, porque o desconhece na posse...333
Soneto. Enfada-se do escasso proceder de sua sorte........334
Soneto. Compara a sua pena com as estrelas...................335
Soneto. Encontra no fluxo, e refluxo da maré incentivo para recordar os seus males..336
Décima. Pondera no arrebatado causo de um rio quão distinto vem a ser o curso da humana vida.....................337

Obsequiosas

Décimas. A Antônio de Andrade sendo dispenseiro da Misericórdia..343
Décimas. A certo Poeta, que lhe apresentou um Passo, que tinha feito...346
Décima. Apadrinhando uma escrava chamada Jacupema por furtar uns ovos..347
Décima. A um amigo pedindo-lhe uma caixa de tabaco..348

Décimas. A Custódio Nunes Daltro por
lhe curar uma ciática 349
Romance. A Tomás Pinto estando com uma mula............351
Soneto. Ao mesmo estando preso 353
Soneto. A um Fulano da Silva excelente cantor................354
Décimas. A uma Moça de Marapé chamada Antônia.......355
Décimas. À mesma mandando-lhe uns doces 357
Soneto. À Ilha de Gonçalo Dias...359
Romance. A uma Filha de Gonçalo Dias 360
Décimas. À Avó desta mesma Moça 363
Décimas. A uma graciosa Moça na
Madre de Deus chamada Brites 365
Décima (Romance). A três Irmãs,
que moravam no Areial 367
Décimas. A duas de igual formosura 370
Décimas. A uma Dona Fulana de Mendonça Furtado
com quem foi achado por sua mulher 372
Décimas. A uma Dama gratificando-lhe um favor...........374
Décimas. À outra, que por um vidro
de água tirava o sol da cabeça 375
Romance. A Henrique da Cunha insigne mentiroso.......378
Silva. Regra de bem viver para uns Noivos.....................383
Décimas. Metáfora de dous pescadores 390
Décimas. À posse, que tomou da companhia João
Gonçalves da Câmara...402
Décimas. Ao Capitão da Guarda Luís Ferreira................408
Décimas. Glosa. Mandando pedir uma esmola 410

ALFABETO
Das Obras

A

A nossa Sé da Bahia 1
Ao Padre Vigário a flor.. 73
A vós Padre Baltasar... 55
A vós digo, Putinhas Franciscanas 145
Alto sermão egrégio, e soberano..........................150
Ana Felice foste, ou Feliciana 161
A bela composição..190
Amanheceu finalmente 215
Amanheceu quarta-feira..228
As comédias se acabaram.......................................256
Ao som de uma guitarrilha 277
A cada canto um grande conselheiro .... ()
Angola é terra de pretos..314
Amargo paguem tributo..325
Ausencias, y soledades 328
Ao pé de uma junqueirinha 330
Altercaram-se em questão 370

B

Brásia, que bravo desar! 142 (138)

C

Corpo a corpo a campanha embravecida.......... 77
Clara sim mas breve esfera....................................162
Como vos hei de abrandar 184
Confessa Sor Madama de Jesus............................196
Conta-se pelos corrilhos...204
Como estás Louro, diz Fílis 286
Creio, Senhor, Surgião 349

D

Da tua perada mica 13
Doutor Gregório Guadanha................................... 32

Dâmaso aquele madraço... 44
De fornicário em Ladrão..119
De uma rústica pele, que antes dera.................................172
Deste castigo fatal 298
Deste inferno de viventes..410

E

Este Padre Frisão, este sandeu 54
Estamos na Cristandade 176
Ei-lo vai desenfreado...208
Era a Dominga primeira 245
Em o horror desta muda soledade 324

F

Ficaram neste intervalo 157
Fez-se a segunda jornada..225
Fui à missa a São Gonçalo..284
Filhós, fatias, sonhos, mal-assadas...................................297
Foi-se Brás da sua aldeia...322
Fábio, essa bizarria..351

G

Grande comédia fizeram 259 (260)

H

Hoje a Musa me provoca 17
(H)um branco muito encolhido 27
(H)um Frade no bananal 128
(H)ontem a amar-vos me dispus, e logo..........................167
(H)um doce, que alimpa a tosse.......................................193
(H)é justa razão, que gabe...278
(H)um negro magro em sufilié mui justo 320

(H)é uma das mais célebres histórias..................353
(H)ontem vi no areal 367
(H)é bom, que em prazer se mude 390

I

Iá que entre as calamidades.................. 79
Inda está por decidir 85
Ilustre, e Reverendo Frei Lourenço 105
Ilustríssima Abadessa 174
Ilha de Itaparica alvas areias..................296
Iá que nas minhas tragédias 408

L

Louvar vossas orações.................. 88
Laura minha o vosso amante 281

M

Minha Senhora Dona Caterina 166 (169)
Meninas pois é verdade 169
Mancebo sem dinheiro, bom barrete 292
Montes eu venho a buscar-vos 321
Mil anos há, que não verso 402

N

Naquele grande motim 71
Não me espanto, que você 60
Nuvens, que em oposição 90
Nunca cuidei do burel 132
Não era muito Babu 135
Nenhuma Freira me quer 180
No dia, em que a Igreja dá 201
No grande dia do emparo 263

Nesta turbulenta terra 305
Na confusão do mais horrendo dia 318

O

O cura, a quem toca a cura 3
Ouve, Magano, a voz, de quem te canta......................... 98
Ó quem de uma águia elevada 189
Ó vós, quem quer, que sejais 197
Ó que cansado trago o sofrimento 334
O vosso passo, Senhor...346
Ó Ilha rica, inveja de cambaia..359

P

Pois me enfada o teu feitio... 44
Padre Frisão, se vossa Reverência................................... 53
Reverendo Padre Alvar 63
Para esta Angola enviado 66
Padre a casa está abrasada... 70
Prelado de tão alta perfeição... 78
Padre Tomás se vossa reverência.................................... 87
Parabém seja à vossa senhoria 165 (168)
Pelo toucado clamais...168
Pelos naipes da baralha 289
Por sua mão soberana..293
Pasar la vida sin sentir, que pasa 313
Por entre o Beberibe, e o Oceano 319
Porque não conhecia, o que lograva 333
Para mim, que os versos fiz..357
Passei pela Ilha grande..360

Q

Quem vos mete Frei Tomás... 93
Quinze mil réis d'antemão 153

Quem a Primeira vez chegou a ver-vos 171
Quem tal poderia obrar 374
Qual encontra na luz pura 375

R

Reverendo Vigário 10
Reverendo Padre Alvar 63
Reverendo Frei Sovela 96
Reverendo Frei Fodaz 102
Reverendo Frei Antônio 108
Reverendo Frei Carqueja 113 (112)
Reverendo Padre em Cristo 122
Rifão é justificado 372

S

Senhora Mariana, em que vos pês 187
Senhora minha, se de tais clausuras 195
Se Pica-flor me chamais 200
Seis horas enche, e outras tantas vaza 336
Senhor Antônio de Andrade 343
Se acaso furtou, Senhor, ... 347
Senhor o vosso tabaco 348
Senhora velha, se é dado 363
Se comestes por regalo 365
Senhor Henrique da Cunha 378
Será primeiramente ela obrigada 383
Sem tom, nem som por detrás 143

T

Tornaram-se a emborrachar 269
Tomas a lira Orfeu divino tá 354
Tem Lourenço boa ataca 236

V

Via de perfeição é a sacra via 2
Vieram sacerdotes dous e meio 12
Vítor, meu Padre Latino 151
Valha o diabo os cajus 242
Veio a Páscoa do Natal..250
Vna, dos, tres estrellas, veinte, ciento 335
Vás-te, mas tornas a vir...336 (337)
Vi-me, Antônia, a vosso espelho 355

Este livro foi composto com tipografia Bembo e impresso em papel pólen soft 80g/m² na Geográfica.